얼굴
Face

김유명 장편소설

gasse·가쎄

P (Plastic surgeon) 성형외과 전문의

R (Real estate agent) 부동산 중개업자

W (Wife) P의 아내

B (Broadcaster) P에게 수술을 받은 배우
출신의 방송 진행자

M (Manager) P 병원의 사무장

S (Singer) P에게 수술을 받았던 유명 가수

Y (Younger man) 후배 1

J (Junior) 후배 2

E (Employee doctor) P 병원의 고용의사

T (Talent) P에게 수술을 받은 탤런트

H (Head counselor) 상담부장

C (Counselor) 상담사

I (Idol star) 아이돌 스타 가수

L (Lawyer) P의 친구, 변호사

D (Detective) 형사

A (Attorney) L의 후배 변호사

차례

제 1 부

불안

1-1

마흔일곱 살 생일 아침, 홀로 어슴푸레 잠을 깬 P는 침대에 누워 천장을 올려다보았다. 그 순간 흐릿하게 보이는 천장이 마치 흙더미에 눌린 관 뚜껑처럼 느껴져, 질식할 것처럼 숨이 가빠왔다. 그는 이러다 세상에 이름을 한번 알려보지도 못한 채 생을 마치면 어쩌나 하는 불안감에 휩싸였다.

직업에서도, 아니 그 외의 어떤 일에서라도 그는 자신이 세상에 있다가 갔는지, 아니면 처음부터 아예 존재하지 않았었는지, 그 둘에 전혀 차이가 나지 않는 경우가 될지도 모른다는 생각에 사로잡힌 것이다.

그는 한숨을 내쉬며 침대에서 몸을 일으켜 세웠다. '요즘 따라 손도 더 저리네. 목 디스크 때문인가? 아니면 이제 늙어서?' 협탁을 더듬어 안경을 찾아 끼고서 그는 오른팔을 들고 왼손으로 팔꿈치를 주물렀다. '제길, 남들이 부러워하는 의대를 나오고 의사가 되었지만 그럼 뭘 해? 이제껏 남들 앞에 드러낼 대단한 성공을 한 것도 없고, 떵떵거릴 만큼 큰돈을 벌어놓지도 못했는데.'

그는 오늘이 어떤 날인지를 까맣게 잊어버린 아내가 막내 아이의 방에서 자고 나와 차려준, 보통 때와 다름없는 아침밥을 먹었다. 그리고 그는 별다른 게 들어있지도 않은 손때 탄 누런 가죽 가방을 습관처럼 들고서 출근을 하기 위해 집을 나왔다.

아내조차도 그리 대단하게 생각해주지 않는 이 사내는 그저 수많은 동료들처럼 사람들의 얼굴을 그들이 원하는 대로 고쳐주는 성형외과 전문의였다.

오늘 스케줄은 기껏해야 작은 수술 두 건뿐이었다. 하기는 이렇게 날씨가 따뜻해지고, 매화며 목련이며 벚꽃이 피어나고 있는데, 누가 거창하게 얼굴에 붕대를 감고 방에 들어앉아 있으려고 할까?

유달리 추웠던 겨울이 지나가고 이제 다시 하루해가 조금씩 길어지자, 그는 이제 정말 다시 한 해가 시작되는구나 하고 생각

하던 터였다. '이 봄도 또 언제 왔나 싶게 금방 지나갈 텐데…….'

그의 우울이 줄어든 수술 예약과 관계없다고는 말할 수 없었다. 그래도 매년 봄 겪었던 비수기와 달리 오늘, 삶의 마지막 순간에 아무런 명성도 없이 무로 사라질지 모른다는 불안한 생각이 든 이유는 바로 나이 때문일 것이다. 이제 그의 나이는 50대를 바라보는, 누구도 부인 못 할 중년의 나이였다.

한 번뿐인 인생인데, 수많은 동료들과 마찬가지로 그저 작은 개인병원을 운영하면서, 그가 아닌 누구라도 대신할 수 있는 똑같은 쌍꺼풀 수술이며 코를 세우는 수술을 하면서 종말을 향해 끌려간다는 사실은 서글픈 일이 아닐 수 없었다.

그는 자세히 보면 여러 번 수리해서 오른쪽과 왼쪽의 문짝 색이 미세하게 다른, 검은색 중형 세단의 뒷문을 열어 가방을 던져 넣고는 운전석에 앉았다. 차 안에 가득 찬 매운 곰팡내를 빼려고 창을 내린 후, 후진 기어를 넣고 주차장을 빠져나오려는데 뒤에서 급히 달려오던 차가 빵빵거렸다.

'폭스바겐 골프! 14층 학생 아냐? 저렇게 어린 대학생들도 외제 차를 타는군.' 룸미러를 보며 그는 생각했다. '그놈의 주식이 상장폐지가 될 줄 알았다면 차라리 모아둔 돈으로 외제 차나 한 대 뽑을 걸 그랬어!'

그는 주차된 차들 사이를 잽싸게 달려나가는 골프를 따라가며 생각했다. '음, 아니야, 저렇게 학생들까지 독일 차를 탄다는 건데, 이젠 외제 차 한 대쯤 탄다고 해도 아무도 서로에게 차별화가 되지 않는 시대인 거야.'

그는 아파트 단지 입구를 나서며 또다시 갑갑함을 느껴 창문을 열었고, 견디기 힘든 이 평범함으로부터 벗어나고 싶어 액셀을 끝까지 밟았다. '불멸의 명성까지는 아니더라도 뭔가 남다른 삶을 살다 갈 수는 없을까? 그러기에는 이제 너무 늦어버린 걸까? 도대체 어떻게 해야 내 존재를 세상에 드러낼 수 있을까?'

1-2

P의 작은 병원은 검은 회색의 화강석으로 둘러싸인, 거대한 백화점과도 같은 건물 안에 있었다. 그야말로 병원 백화점 격인 그 건물 속에는 온갖 종류의 개인병원들이 가득 들어차 있었다. 심장내과, 피부과, 이비인후과, 치과에 성형외과까지. 그중 제일 많은 건 성형외과.

그는 이미 차들이 가득한 지하주차장 제일 아래층, 재활용 쓰레기 집하장 옆에 겨우 차를 세우고, 쾌쾌한 쓰레기 냄새 속에서 엘리베이터를 기다리며 하릴없이 안내판을 들여다보았다. 하나,

둘, 셋……. 스물하나. 성형외과가 무려 21곳이었다.

'나름대로 전문 분야를 갖고 있다고 광고들은 하지만, 다 고만고만하지. 무언가 제대로 차별화를 해야만 살아남을 텐데…….'

그의 전문 분야는 방송인 성형이었다. 그가 내세울 수 있는 특색은 유명 탤런트, 영화배우들을 배출했다는 사실. 하지만 그는 환자의 프라이버시를 지켜줘야 한다는 직업윤리의식에 투철한 나머지, 누구누구가 자신의 힘을 빌렸는지 밝히는 광고는 하지 않았다. 하다못해 그는 그들과 같이 찍은 사진 한 장 홈페이지에 올리지 못하는 성격이었다.

그는 엘리베이터를 내려 몇 그루의 푸른 단풍나무가 심겨 있는 중정이 보이는 통유리 벽면 왼쪽으로 코너를 돌았다.

"굿모닝!" 그는 유리로 된 병원 출입문이 열리자 데스크의 간호사를 보며 애써 목소리를 높여 인사했다.

"안녕하세요? 원장님. 좀 전에 B 님이 전화로 오늘 오후 4시쯤 뵐 수 있느냐고 물어보셨어요."

"탤런트 B 님? 그래 어떤 상담을 원하시지?"

"이마에 필러를 좀 더 맞고 싶다고는 하셨는데……."

"했는데?"

"뭔가 원하시는 게 더 있는 것 같기도 해요."

"필러 맞은 지는 몇 달이나 됐지?"

"오 개월이요."

"다섯 달이면 좀 빠른데?" 그는 진료실 문을 열고 들어가며 말했다. 청보라색 수술복으로 갈아입은 그는 컴퓨터를 켜고 하루의 일정을 다시 확인했다. "매부리코 수술 하나에 풀린 쌍꺼풀 재수술이라……. 한심하군."

그때 인터폰이 울렸다. "원장님 지난번에 왔다가 가신 부동산 중개소 사장님이 다시 오셨는데요. 잠시만 뵙겠다는데요?"

"또 왔다고?"

"네. 물건 좋은 거가 나왔다면서 잠깐만 뵙겠다는데 수술 들어가셨다고 할까요?" 간호사가 목소리를 낮춰 물었다.

"거참 질기군. 벌써 세 번째 아냐?"

"네."

"잠깐 들어오시라고 해요." 그는 벽에 걸린 시계를 보며 말했다.

"네."

잠시 뒤 커피를 든 직원과 함께 부동산 중개소 사장 R이 들어왔다.

"안녕하세요? 원장님."

"네. 안녕하세요?"

"꼭 보셔야 할 건물이 나와서 자료 좀 보여드리려고요."

"앉으시죠. 글쎄, 뭐 저야 돈이 있어야 건물을 사지요."

"에이. 원장님. 일단 저질러야 돈을 벌지요. 꼬박꼬박 환자만 보셔가지고서야 언제 부자 되시겠어요?"

"어딥니까? 위치는?"

"네. 여기 한번 보시죠." 그는 들고 온 아이패드의 커버를 열고 화면을 손가락으로 쓱 문질렀다. "여기 10차선 대로변입니다. 이전에 작은 극장을 하던 건물인데요. 막 매물로 나왔습니다. 그나마 제 친구가 여기를 맡아서 관리를 해주고 있어서 저한테 제일 먼저 알려준 겁니다."

"여기요? 예전에 이 극장 자주 갔었는데."

"네. 그럼 잘 아시겠네요. 바닥은 아주 넓진 않지만 요 정도에 12층 올리고 성형외과 단독 건물로 쓰면 딱입니다."

"위치는 좋네요."

"그럼요. 옆에 건물들은 모두 그렇게 다 지어 올려서 값이 얼마나 올랐는지 몰라요."

"그렇긴 한데, 대출을 낀다고 해도 인수금액이 어느 정도 있어야 가능하잖아요. 저 돈 없어요."

"아이 원장님도. 그런 거 따지다가는 평생 건물 못 올리세요. 일단 은행권 대출은 감정가의 50%까지 가능하고 제가 2금융권까지 한번 알아봐 드릴게요. 인사도 좀 하고, 작업 좀 하면 보통

80%까지는 가능합니다. 다들 그렇게 한다니까요."

"아무튼, 알겠습니다. 곧 수술 들어가야 해서."

"바쁘실 텐데, 원장님. 요거 출력한 거는 두고 가겠습니다. 명함은 여기 있고요."

"알겠습니다. 감사합니다." 그는 수술 모자를 쓴 고개를 살짝 숙였다.

"원장님, 한번 용기 내세요. 여기서 수십 개 병원 사이에 묻혀 있어 봐야 해결 안 납니다." R은 문간을 나서면서도 한 마디 더 덧붙였다.

그는 설명을 듣느라 식어버린 커피잔을 들며 생각했다. '누가 모르나? 그래도 돈이 어느 정도는 있어야 저런 걸 잡지. 아, 그놈의 주식만 안 했어도……'

그는 인상을 찌푸리며 환자들 차트를 들여다보다가 수술장으로 들어갔다. 첫 번째 수술을 마치고 가벼운 샐러드로 점심을 때운 그는 두 번째 수술을 마치고 나자 팔뿐만 아니라 목과 어깨에까지 찌르는 듯한 통증을 느꼈다. '아, 점점 심해지네! 어쩌지? 이러다 결국 손을 못 쓰게 되는 거 아냐? 좀 누워 있으면 나으려나?' 그는 오른손으로 의자 밑의 레버를 당기고, 의자 등판을 뒤로 젖혀 의자를 거의 일자로 만들어 눕고는 어설피 잠이 들었다.

1-3

'띠링 띠링' 한낮의 정적이 흐르던 원장실에 인터폰 벨이 울렸다.

"원장님 B 님 오셨어요."

"어, 잠깐." 자다가 일어난 그는 일어나 의자를 바로 세우고, 환자들의 얼굴을 비춰 보여줄 때 쓰는 타원형 손거울을 들고 흐트러진 머리칼을 추슬렀다.

"자, 들어오시라고 하지." 그는 인터폰에 대고 말했다.

잠시 뒤 가운데 가르마를 한 중년의 B는 선글라스를 벗으며 부드러운 저음의 목소리로 인사하며 들어왔다. "원장님 안녕하세요?"

"잘 지내셨어요? 시사 토론 프로그램 잘 보고 있습니다."

"아유, 모니터링까지. 감사합니다. 탤런트 출신치고는 진행이 괜찮습니까?"

"무슨 말씀을, 최고지요."

"원장님께서 손봐주신 덕분입니다."

"아니요. 다 본인 실력이지요." P는 미소를 지으며 말했다.

"어린 친구들이 치고 올라오던 시절에 다행히 토론 프로그램 진행을 맡아서 그래도 벌써 3년 한 겁니다."

"3년이나 됐나요?"

"그러게요. 세월 참 빠르지요?" B는 환자용 의자를 책상 위에 놓인 거울 쪽으로 당겨 앉으며 말했다. "너무 나이가 들어 보이지는 않지요? 신문에서 보니까 태어난 지 석 달 된 애들도 예쁜 간호사에게 눈길을 더 준답니다."

"그래요?"

"네. 석 달이 되어야 시력이 정상이 되어서 그런다네요."

"허허. 그럼 사실상 눈을 뜨자마자부터네요. 어떻게 얼굴이 전공인 저보다 더 잘 아세요?"

"얼굴에 관심이 많아지더라고요, 수술하고 나니까. 모두에게

얼굴 / 23

그만큼 외모가 중요하다는 거죠."

"네. 네. 그런데 이마가 좀 부족한 것 같다고요?" P가 B의 얼굴 가까이 거울을 비춰주며 말했다.

"제가 미간에 계속 힘을 주나 봐요. 여기가 약간 쪼글쪼글해지 면서 크기도 좀 준 것 같습니다."

"그래요? 어디 봅시다. 미간을 찌푸려서 좀 눌렸네요. 잠을 자 면서도 인상을 쓰는 분들이 있지요. 보톡스 정도 맞으시면 될 것 같은데……"

"네. 그럼 그렇게 하겠습니다. 그리고 원장님, 사실 이마도 이마 지만 좀 의논드릴 것이 있어서요."

"어떤?"

"사실은 제가 이번 선거에 출마하게 되었습니다."

"출마요?" P가 눈을 번쩍 뜨며 물었다.

"이번 지자체 단체장 선거에 도지사로 출마하게 되었습니다."

"도지사로요?"

"네. 별 변동이 없다면 공천받은 것도 곧 발표될 것 같습니다."

"그래요? 아! 축하합니다." P는 잠시 멈칫해 있다가 가볍게 손뼉 을 치는 시늉을 했다.

"이것도 다 원장님 덕분이지요."

"아유, 무슨? 본인이 실력 있고, 인지도가 높아서 그렇지요."

"원장님, 그래서 말인데요. 진행하던 시사 토론 프로그램도 하차하고 공식 선거기간이 시작되기 전에 약 한 달 정도 시간이 나는데요. 그동안 얼굴에서 보충해야 할 곳을 전체적으로 손볼 수 없을까 해서 말이지요." B는 책상 위의 거울을 들며 말했다.

"그럼 방송에서 아예 하차하시는 거군요?"

"네." 거울에 얼굴을 비춰보며 그는 "그동안 원장님께서 방송인 성형으로 저의 얼굴을 관리해주셨다면, 이제 정치인으로서의 이미지 컨설팅을 부탁드리려는 거지요."라고 말했다.

"아, 그렇군요."

"정치인들도 많이 수술해주셨지요?"

"네. 물론이죠. 저의 주 전공이 정치인 쪽은 아니었지만 말이죠."

"그래도 원장님이시라면 잘 해주실 거로 믿습니다."

"아무튼, 해보죠. B 님의 얼굴에 대해서는 제가 제일 잘 알고 있으니까요."

"원장님, 요즘은 세계적으로 젊은 지도자들이 대세라서 말이지요."

"그렇죠. 총리가 30대인 나라도 있으니까요."

"젊고 매력적이면서 신뢰가 가는 이미지, 가능할까요?"

"알겠습니다. 일단 사진부터 찍어 놓고 이야기를 해보지요.

이쪽으로 앉아보세요." 그는 카메라를 손에 들고 B에게 사진 배경으로 쓰이는 파란 스크린 앞으로 자리를 옮기도록 손짓했다.

"정면, 턱을 들고, 얼굴을 숙이고, 오른쪽 반 측면, 오른쪽 측면, 왼쪽 반 측면, 왼쪽 측면, 가벼운 미소." 모두 8장이나 되는 사진을 찍고서 그는 디지털카메라에서 작은 메모리 카드를 뽑아서 책상 위의 노트북 컴퓨터에 꽂았다. 수많은 사람들의 사진들 맨 마지막에 B의 사진들이 보였다. 그는 좀 전에 찍은 사진과 과거의 사진들을 찾아 함께 화면에 크게 띄웠다.

"자, 한번 보시죠. 5년 전보다도 나이가 좀 들어 보이는 것이 사실이네요. 11년 전 사진하고 비교해보면 훨씬 변화가 큽니다. 얼굴이 어느덧 원숙한 얼굴로 바뀌었죠."

"그러게요. 원장님. 저기 입꼬리 밑에 심술보 좀 보세요."

"아유, 뭐 이 정도를 심술보라고 하세요?"

"아무튼요. 이제 너무 늙어 보여요." B는 한숨을 쉬었다.

"여기는 보톡스와 필러 정도로 리프팅이 가능합니다."

"이렇게 당기는 건 필요 없을까요?" 그는 세 개의 손가락으로 뺨을 광대뼈 쪽으로 당기면서 말했다.

"안면거상술은 자연스러운 느낌이 없어서 안 돼요. 입이 너무 당겨져서 인위적인 느낌이 들죠. 자기 나이에 맞는 주름은 오히려 신뢰감을 줄 수 있는 요소에요. 차라리 이 턱 밑의 지방을 좀 제거하지요."

"이중 턱이요?" 그는 오른손으로 목 밑의 턱살을 집으며 말했다.

"네. 지방이 이렇게 침착되어 있으면 왠지 관리가 안 되는 인상을 줄 거예요. 다이어트를 해도 여기 살은 잘 안 빠지죠."

"게을러 보인다는 거군요? 아프진 않을까요?"

"지금까지 수술하면서 심하게 아팠던 적은 없으셨을 텐데요?"

"그렇긴 하죠. 원장님이 워낙 잘 해주시니까. 그래도 매번 겁은 나요."

"그리고 헤어와 메이크업은 따로 전문가를 소개해드릴게요. 원래 정치인들 이미지 컨설팅을 저와 같이하던 분이 계세요."

"아, 그래요?"

"네. 모두 전문이 있는 거죠. 우선 상담실에서 스케줄부터 잡고 디자인 날짜를 정해보세요."

"알겠습니다. 원장님. 아 참." B는 일어나려다 말을 이었다. "원장님, 직원들 입단속 좀 신경 써주십시오. 제가 여기서 성형수술을 받은 것 절대로 알려져서는 안 됩니다."

"당연하지요. 그런데 정치인은 성형하면 안 된답니까?"

"아유, 원장님. 그런 법은 없지만 그래도 괜히 구설에 오르면 큰 문제가 될 수도 있으니까. 특히나 선거에서 당선될 때까지는 제발

말 안 나오게 꼭 좀 부탁드립니다."

"걱정하지 마세요. 저희 직원 중에 그럴 사람 없습니다. 그리고 직원들에게 늘 환자의 프라이버시에 대해 교육하고 있으니까요."

"감사합니다." B는 인사를 하고 가슴의 포켓에서 검은색 선글라스를 꺼내 쓰고 로비로 나갔다.

"상담실로 모셔드리세요. 입꼬리 리프팅 보톡스와 필러, 턱살 지방흡입 스케줄 정해드리고요." 그는 인터폰에 대고 말했다.

힘없이 수화기를 내려놓은 그는 생각했다. '와, 정치 경력이 전혀 없는데도, 인지도가 있으니 유력 정당에서 도지사 후보로 영입하는구나! 한낱 무명의 늦깎이 연극배우일 뿐이었는데 얼굴 수술하고 공중파 탤런트가 되더니……. 아, 결국 아무리 수술을 잘해줘도 유명해지는 것은 환자지 내가 아니야. 난 그저 드러나지 않는 숨은 조력자일 뿐이라고!'

퇴근하고 집에 들어갔지만, 아내는 여전히 그날이 그의 생일인지 모르고 있었다. 심지어 지방에 계신 그의 어머니조차도 전화 한 통 없는 걸 보면 그의 생일을 모두가 완벽히 잊어버린 거였다.

또다시 평소와 다름없는 저녁 식사. 그는 아이들의 공부에 방해될까 봐 거실에서 TV 볼륨을 최소한으로 줄여 뉴스를 보다가 혼자 침대에 들어갔다. 불을 끄고는 홑이불을 머리 쪽으로 당겨 올렸던 그는 다시 숨이 막히는 듯 느껴져 급하게 이불을 도로 내리고 크게 한숨을 내쉬었다.

'도지사라⋯⋯. 설마 당선이야 되겠어? 그래도 사실 나하고 나이가 동갑인데, 누구는 도지사 후보로 선거에 나가고, 누구는⋯⋯ 참나.'

그는 이렇게 계속 중얼거리며 관 속같이 검은 어둠 속에서 눈을 감지 못하고 있었다.

1-4

온종일, 얼마 되지도 않는 환자들의 자잘한 불만족들과 요구사항들을 들어주다 녹초가 된 P는 7시가 되자마자 정산을 받아들고 퇴근을 했다. 종일 창백한 형광등 밑에서 주인을 기다린 그의 차야말로 유일한 휴식처이자 대화 상대였다.

"지쳤다. 이제 집에 가자." 그는 시동을 걸고 주차장을 빠져나와 또다시 그를 기다리는 퇴근길 자동차 행렬에 합류했다. 그는 멍하니 앞차의 뒷모습만 쳐다보며 기계적으로 브레이크를 밟았다 떼었다 하며 도로에서 그 귀한 시간을 다 흘려보냈다. '이렇게 하루

하루 죽음에 다가가는 건가?'

집에 도착해 주차장에 차를 댄 그는 어느덧 피어난 라일락의 아찔한 향기에 발걸음을 떼지 못하고 나무 밑에서 그 냄새를 맡고 있다가 올라와, 일주일에 두 번 오는 도우미 아주머니가 차려 준 저녁밥을 먹었다.

수요일은 두 아이를 학원에 바래다주고, 또 데리고 오느라 아내는 늦게 돌아올 것이다. 오늘만큼은 그도 누구의 눈치를 보지 않고 거실에서 TV를 켰다.

"도지사 후보로 나선 탤런트 출신 방송인 B 씨의 상승세가 대단합니다. 출마가 알려진 직후부터 30%로 시작된 지지율이 파죽지세로 치솟아 지난 사흘간 본사가 진행한 마지막 지지율 조사에서 62%에 이르렀습니다. 이 결과는 비정치인 출신 후보로는 최고의 지지율로서, B 후보는 역대 최고의 지자체장 후보로 평가받고 있습니다." 뉴스를 진행하던 앵커는 마치 자기 일인 양 흥분을 겨우겨우 억누르며 말했다.

P는 안경을 추슬러 올리며 B의 소식을 귀담아들었다. '야, 저거 봐라? 저러다 정말 당선되는 거 아냐?'

그리고 이틀 뒤, B는 지방선거에서 마치 장난처럼 도지사에 당선되고 말았다. 저녁 뉴스에서는 B의 정치 입문이 가장 비중 있게 다루어졌다.

그가 놓아준 보톡스와 필러 주사 덕분이었는지는 모르겠지만, 당선사례를 하는 B의 얼굴은 TV 화면에서 훤히 빛을 내고 있었다.

'설마 했는데 정말 당선되었네! 도의원 한번 한 적이 없는데도, 얼굴이 알려져 있다는 그 사실 하나만으로 저런 높은 자리를 차지하는구나. 하기는 화성의 돌무더기 사진에서도 사람들은 얼굴 모양을 찾아낸다고 하니까……. 사람들에게 얼굴이 알려진다는 게 이렇게 대단한 거였구나!' 그는 힘주어 쥐고 있던 리모컨을 내려놓으며 생각했다.

그야말로 피부 한 꺼풀 차이인데. 사람들은 익숙한 얼굴에 친근감을 느끼고 표를 주는군. 실력도 능력도 별문제가 아니야. 정작 중요한 건 매력 있고 친근한 얼굴인 거지. 어쨌든 유명해져야 해.

제길 저렇게 성공시켜줘도 나랑 같이 사진을 찍기는커녕, 다들 비밀을 누구에게도 들키고 싶지 않아 가족 아니고는 도무지 소개라고는 잘 하지 않으니……. 이래선 언제 이름을 알리고, 언제 성공하겠느냐 말이지……. 아, 그놈의 양심, 윤리!

그는 눈을 감고 머리를 뒤로 젖히며 생각했다. 방법이 없을까?

빌딩?

아니야, 그래도 그건 너무 무리잖아?

그럼, 이렇게 계속 그냥 죽은 듯이 살다 가?

아니면, 도대체 뭘 할 수 있는데?

그렇다고 난데없이 전혀 다른 일을 할 수도 없잖아. 배운 게 수술인데 어쩌겠어?

그래, 뭐든 큰 건 눈에 띄니까, 가장 큰 병원 원장이 되면 어떨까? 그럼 누구라도 인정할 거야. 국내에서 제일 큰 성형외과병원의 대표원장! 그래 그렇게 되면 누가 알아? 겨우 면사무소 주사의 아들이었던 내가 의사협회 회장도 되고, 나중엔 국회의원이 될 수 있을지? 그리고 그다음엔······.

제 2 부

모험

2-1

주말이 지나고 다시 월요일 P는 호두나무색의 사무실 책상 서랍을 모두 뒤지고 있었다. '여기 어디에 넣은 것 같은데…… . 정말 안 보이네.'

그는 인터폰을 들었다. "응. 난데. 혹시 그때 왔던 부동산 중개소 사장님 명함이 있나?"

"글쎄요. 원장님. 저희한테는 명함 안 주고 가셨었는데요."

"그래?"

"옆에 내과에 한 번 물어볼까요?"

"음……. 그래요." 하고 그는 머리를 긁으며 대답했다. '아, 주변에 알려지는 건 싫은데…….'

얼마 후 인터폰이 울렸다. "원장님, 전화 연락되었고요. 6시 반에 오시겠대요."

"오늘?"

"네. 내과에서 불러준 번호가 맞는지 전화해봤더니 당장 오시겠다고 하시네요. 그 시간에 진료는 없으세요."

"알겠어요." 그는 인터폰을 내려놓았다. '내가 지금 뭔 짓을 하는 거지? 내가 감당할 수 있을까? 복잡한 것이 싫어서 동업도 파하고 심플하게 살아왔는데…….'

"안녕하세요? 원장님" 황갈색 체크무늬 재킷을 입은 R이 기름진 얼굴에 미소를 띠며 방으로 들어왔다.

"안녕하세요?" P도 인사했다.

"전화하실 줄 알았습니다. 워낙 물건이 좋은 물건입니다."

"아직 팔리지는 않았죠?"

"네. 다행히 아직."

"그래요?" P의 목소리가 가늘게 떨렸다.

"그때 드린 자료는 혹시?" R은 P의 책상 주변을 두리번거렸다.

"어디에다 뒀는지……." P가 양손 손바닥을 펴 보이며 말했다.

"괜찮습니다. 여기 새로 뽑아왔습니다. 자, 보시지요. 지금 주변 시세보다도 훨씬 쌉니다. 100m 떨어진 곳에 있는 건물 호가를 한 번 알아보세요. 12층으로 최대 용적률로 짓고 나면 바로 몇백억은 남는 장삽니다."

"그런 물건이 어떻게 아직?"

"안 그래도 다른 부동산에서 진행하다가 파투가 났어요. 명도가 힘들겠다고 중간에 손을 뗐다는데, 사실 신용이 없어서 대출 작업이 안 된 거죠. 공연히 입질만 하고, 아무튼 다행이에요."

"그랬군요. 다른 의사들은?"

"다들 용기가 없어서 그렇지요. 누가 봐도 딱 병원 자린데, 의사 중에 스케일 있게 노시는 분들은 이미 다 건물 올리셨잖아요."

"그렇긴 하지요."

"딱 원장님 겁니다, 이건. 그리고 신용 좋으시니깐 일단 대출을 최대한으로 일으켜서 건물 지으시고 전 층 성형외과라고 광고부터 내시죠."

"전 층을요?"

"혹시 나중에 부담되시면 언제라도 몇 개 층은 임대를 놓으셔도 됩니다."

"오늘은 그냥 이야기를 한 번 더 들어보려고요." 그는 R의 시선을 피하며 말했다.

"아유 망설이다가 기회는 없어집니다. 노리는 작자들이 또 없겠습니까? 이 자리면 1층에 약국이니 뭐니 들어올 업체는 수없이 많습니다. 1층 월세만으로도 아마 이자는 반 이상 충당되실 겁니다."

"그렇기는 하겠네요, 워낙 요지긴 하니까."

"바로 그렇습니다. 설령 병원 오래 안 하셔도, 건물 올리고 매각하시면 개발수익 수백억 올리시는 겁니다."

"호가는 얼마?"

"지금 200개로 이야기가 되고 있었는데요."

"200개라면?"

"네. 좀 크게 느껴지시죠? 그런데 제가 협의를 해서 190억까지는 가능할 겁니다."

"지금 사실 제가 들고 있는 돈은 얼마 안 되는데……."

"대출이니 뭐니 복잡한 것은 저에게 다 맡기시고요. 원장님은 초대형병원 대표원장님 될 준비나 하십시오. 국내 최대 규모의 병원이라고 떡 하니 광고하면 환자들이 얼마나 신뢰를 하겠어요? 아마도 상담 성사율도 엄청나게 올라갈 겁니다."

"성사율이요?"

"네. 병원 경영에 그게 젤 중요하다면서요."

"아. 그런 것까지……."

"그동안 은행 거래는 잘하셨지요? 연체하신 적 없으실 테고요."

"네."

"신용은 아마도 최고 등급이실 겁니다. 원장님 정도 되시면 감정가의 거의 반 정도는 두말 않고 바로 대출됩니다."

"그래도 반은 더 있어야……."

"말씀드렸지만 제2금융권에서는 대출이 더 나오고요. 보통 원장님들은 가지고 계신 아파트를 처분하십니다. 물론 그것도 제가 알아서 처리하고요."

"네? 아파트를요?" 그는 벌린 입을 다물지 못했다.

"사모님께는 작은 집 대신 아주 크~은 집 사주신다고 하시면 됩니다. 12층이면 정말 큰 집이지요?"

"아, 설득할 수 있을까?" 그는 고개를 갸웃했다.

"걱정하지 마십시오. 다른 사모님들 만족하시는 것 수도 없이 봤습니다. 다들 처음 반응은 똑같으시더라고요. 그런데 건물 올라가고 환자들 바글바글 들어오면 표정까지 싹 바뀌시죠. 아님, 그런 사모님을 한 분 직접 만나게끔 해드릴까요?"

"알겠습니다. 뭐 그렇게까지는……."

"원장님 요 자료 가지고 계시고요. 제가 일단 대출 알아볼 테니. 주민등록번호 좀 적어주십시오."

"네." 그는 잠시 서랍을 뒤적이다 병원 마크가 찍힌 메모지를 찾아 이름과 주민등록번호를 적어 건넸다.

"원장님, 그럼 저는 이만 일어나겠습니다."

"네. 감사합니다. 수고해주세요." P는 일어나 R을 문가까지 배웅하고 돌아와 책상 의자에 털썩 몸을 내려놨다. 왠지 모르게 명치 안쪽이 쓰라렸다. '만일 일이 잘못되기라도 하면 돌이킬 수 없는 규몬데, 괜찮을까? 게다가 말이 쉽지, 아내를 어떻게 설득한다?'

2-2

퇴근 후 집에 돌아온 P는 욕실에서 거품을 내 손을 씻고 옷을 갈아입은 뒤 말없이 저녁이 차려진 식탁 앞에 앉았다. 다시 일어나 냉장고에서 물통을 꺼내 물을 한 잔 마신 그는 수저를 들지도 않고 멍하니 생각에 잠겨 있었다.

"여보. 왜 그러고 있어요?" 식탁 맞은편의 흰 벽을 물끄러미 바라보고 있는 P에게 아내 W가 물었다.

"응. 아무것도 아니야."

"오늘 애들 학교에 다녀왔어요."

"학교에는 왜?"

"왜는요? 단원 평가 끝나고 학부모 면담 있다고 지난번에 말했잖아요?"

"그랬나?" 그는 힘없이 물었다.

"당신도 참. 뭐 상태 안 좋은 환자 있어요?"

"아니. 그건 아니고." 그는 그제야 수저를 들며 말했다.

"그런데 어째 자기 딸, 자기 아들 학교생활도 안 궁금해하고."

"잘하고 있대?"

"네. 애들이 둘 다 머리는 당신 닮았는지, 시험 성적도 다 백 점이고, 친구들하고도 좋은가 봐요. 그럼 식사해요. 전 면담 끝나고 다른 엄마들이랑 애매한 시간에 먹고 왔어요."

몇 숟갈을 뜨던 그는 국에 말아 밥을 조금 더 넘기다 조용히 수저를 내려놓고, 욕실로 갔다. 변의를 느끼고 화장실에 앉아 있던 그는 한참 만에 텅 빈 변기에 물을 내렸다. 대강 샤워를 마친 그는 서재 책상 앞에서 컴퓨터를 켜고 인터넷 뱅킹으로 집을 살 때 받았던 대출의 금리를 확인하였다.

'금리는 오른다 오른다 하더니 다행히 아직 부담될 정도로 오르지는 않았네. 그래도 아직 대출을 다 갚지도 못했는데 더 큰 일을 저질러도 될까?' 그는 금리 변동 그래프를 보면서 생각했다. '그리고 이 집도 내놔야 한다고 어떻게 말을 꺼내지?'

그는 다시 부동산 거래 사이트에 들어가서 검색창에 자신의 아파트 이름을 쳐 넣었다. '이것 팔아봐야 얼마 되지도 않겠네. 어쩌지? 그만둘까?'

그는 팔짱을 끼고 아파트 시세표를 계속 들여다보았다. '아니야 누구는 마흔일곱에 도지사라는데. 이렇게 살다 그냥 죽을 순 없잖아. 돈이 모자라면 다시 동업자를 구해봐야 하나? 신용대출이라도 받아서 땅을 사려면 두세 명이 함께 해야 할 것 같은데? 동업이라니 또 머리가 지끈지끈해지네.'

그는 컴퓨터를 끄고는 일찍 잠자리에 들었다. 불을 끄고 누웠지만 잠은 쉽게 오지 않고, 처음 동업을 했던 일이 떠올랐다. 규모는 단독 개업의 두 배였지만, 매출은 두 배가 되지 못했다. 오히려 신경 쓸 일만 두 배 이상이 되어 괴로웠던 그때가 다시 생각났다.

오전 11시가 되어야 출근하겠다는 동업자, 야식 비용도 누구 수술 때문에 먹었냐는 둥 미주알고주알 따지던 동업자와 실랑이를 하던 끝에 겨우 자산을 나누고 헤어졌던 일들……

'아내에게 뭐라고 말을 꺼내지?' 그는 다시 변의를 느껴 화장실을 갔다가 왔지만, 몇 방울 되지 않는 소변만 찔끔 나올 뿐 역시 큰 것은 나오지 않았다.

아내는커녕 사실 자기 자신도 설득하지 못한 그는 다시 침대에 몸을 뉘었다. '어떻든 용기를 내어야 해. 이대로 아무 일 없듯 도로

주저앉을 수는 없잖아.'

　아내는 역시나 오늘도 아토피가 심한 막내가 얼굴을 긁지 못하도록 살피기 위해 아들 방에서 함께 잤기에, 밤새 그가 잠자리에서 이리저리 뒤척이는 건 아무도 알지 못했다.

2-3

며칠이 지난 어느 날, W는 설거지를 하다 말고 생각에 잠겼다. 오늘은 도무지 집안일이 손에 잡히지 않았다. 어젯밤 P가 할 말이 있다고 할 때부터 이상한 낌새를 느끼긴 했었다. 그래도 그렇게 어마어마한 일을 마치 통보하듯 이야기할 줄은 몰랐던 것이다.

"내 말 좀 들어봐. 우선 자리가 너무 좋아. 지금 뜨는 지역에서도 제일 요지야. 지금은 6층 건물이지만, 상업지역이라 12층까지도 건물을 올릴 수 있대."

"네. 그런데 우린 그럴 돈이 없잖아요?"

"대출은 땅을 담보로 거의 80%까지 나오고, 모자라는 건 우리 집을 담보로 조금만 더 내면 될 거야."

"우리 집을요?"

"걱정하지 마. 이 집을 절대 팔 건 아니야. 대출이 생각보다 더 많이 나올 수 있다니까 아파트를 팔 필요까진 없을 거라고."

그녀의 귓가에 아직도 어제 그의 목소리가 생생했다. '그 말대로라면 이제 우리 집은 우리 게 아니라 은행 것이 된다는 이야기인데. 이러다 일이 잘못되기라도 하면, 집에서 나앉아야 하는 거 아냐? 도대체가 이 사람 뭐에 홀린 거 같아.'

"지금 이대로는 안 돼. 경쟁이 점점 치열해지는데, 이렇게 작은 규모로 환자들을 어떻게 붙잡을 수 있겠어? 코딱지만 한 병원에는 환자가 들지를 않아." 그녀는 그의 말을 다시 떠올렸다.

하기는 그 말도 틀리지는 않지. 감기 걸려서 이비인후과 병원을 가 봐도 규모가 큰 병원이 믿음이 가잖아. 왠지 모르게 조직적이고, 제대로 하는 것 같아 보이고. 그래서 진료도 더 잘하고 전문적일 것이라는 생각도 들고······.

W는 고무장갑을 벗고 앞치마까지 풀어서 던져버리고 식탁에 앉았다. '국내 최대 규모 성형외과병원의 사모님이 되는 거잖아. 그럼 아주머니 두세 명 쓰면서 힘든 설거지며 청소며 집안 살림을 다 맡겨버리고 쇼핑이나 다니는 거지. 벌킨 백이나 색깔별로

사볼까? 아니야, 무엇보다도 애들 공부에만 내가 집중할 수 있는 거잖아. 나쁘지 않은 거 아닐까?' 그녀는 고개를 갸웃하며 이마 위로 머리칼을 쓸어 올렸다.

아니야. 그래도 안 돼. 말려야 해. 지금도 애들 키우기에 부족한 것이 없는데. 왜 몇백억이라는 빚을 지려는 거야? 확장하고 사업이 잘 안 되기라도 하면……. 도대체 이 사람 왜 조용히 살다가 이런 큰일을 벌리려는 거지?

그녀는 최근 그의 행동을 되짚어 생각해보았지만 별다르게 생각나는 것도 없었다. 병원이 작다고 누가 모욕을 하기라도 했나? 컴플레인 환자가 생겨서 혼자 고민한 건가? 아무튼, 이러다 그냥 혼자 뚝딱 계약해버리는 거 아냐? 엄마에게 좀 말려보라고 이야기해봐야지……. 그녀는 전화기를 들고 친정엄마에게 전화를 걸었다.

2-4

벽에 걸린 시계에서 들리는 초침 소리만 째깍거리던 집에 디지털 자물쇠를 누르는 소리가 삑삑 삑삑 하고 들린 후 P가 들어섰다. 겨우 숨을 억누르며 거실로 올라선 그는 가방을 든 채 W에게 물었다. "왜 이걸 장모님에게 이야기한 거야? 내가 내 사업을 일으키겠다는데 왜 장모님이 말리느냐고?"

"엄마가 병원으로 가셨던 거예요? 여보 일단 여기 앉아 봐요. 먼저 저녁 식사부터 하고, 그리고 이야기해요." 그녀는 P의 가방을 붙잡으며 말했다.

"지금 저녁이 문제야? 도대체 내 분수에 맞는 규모가 어느 정도냐고?" P의 목소리가 커졌다.

"화부터 내지 말고 이야기 좀 들어요. 지금까지 내가 당신 하는 일에 뭐라고 한 적 있어요? 그리고 이제까지 내가 당신이 벌어다준 돈이 적다고 한 적 있어요?" P가 대답이 없자 W는 말을 이었다. "난 이 일을 꼭 시작해야 하나 싶어요. 난 지금도 좋아요. 집이 좀 좁다고 또 애들 학교에서 좀 멀다고 투덜거린 적은 있지만 큰 문제는 아니에요. 이렇게 애들 키우고 친구들에게 부끄럽지 않은 남편이 있고요."

"부끄럽지 않다고? 자랑스러운 건 아니고?" 그의 호흡이 거칠어졌다.

"말이 그렇다는 거죠. 당신이 어디가 어때서요? 의사에 좋은 학교 나오고, 또 자기 병원 잘하고 있고."

"그 병원이 코딱지만 해서 문제지."

"우리 처음부터 급하게 돈 벌려고 시작한 거 아니잖아요. 그리고 당신도 동업해서 신경 쓰이는 것 싫어서 이런 식으로 한 거고요. 규모 큰 병원을 자기가 싫다고 해놓고 이제 와서 병원 작다고 그러면 어떻게 해요?"

"모르겠어. 아무튼, 이렇게 살다가 죽긴 싫어. 스물한 개의 성형외과가 들어찬 건물 5층 한 귀퉁이에 초라하게 앉아 있다고 내가."

"도대체 누가 당신 자존심을 건드렸어요?"

"자존심?"

"네. 자존심이요."

"당신이 그런 말을 할 자격이 있어?"

"네?"

"내 생일이 언제야?"

"뭐라고요?" W는 순간 눈썹을 이마 위로 끌어올렸다.

"내 생일이?"

"아……. 미안해요."

"또 애들 핑계 대겠지. 그리고 내 아이들이기도 한 거 아니냐고. 그래 맞는 말이지, 하지만 내가 당신 아들이 아닌 것도 사실이지. 난 남의 아들이니까. 생판 남이니까."

"여보 무슨 말을 그렇게……."

"사실이잖아, 난 고아나 마찬가지야, 날 신경 써주는 사람은 세상에 아무도 없다고!" P는 이 말을 하고는 현관문을 열어젖히고 집을 나갔다.

한참을 걸었다. 아파트 단지를 나와 인도를 따라 어두운 가로등 밑을 계속 걸었다. 강으로 이어진 길모퉁이에서 그는 미친 듯이 간선도로를 달리는 차들을 피해 겨우 다리로 올라가는 연결 통로로 올라섰다.

퇴근 무렵이라 수많은 차들이 전조등을 켜고 다리를 건넜다. 그 차들의 바퀴에서 나는 마찰음과 강을 따라 들이치는 바람에 그는 한순간 공포심을 느꼈다.

'뭐 어때, 이렇게 사느니 차라리……:'

다리 한쪽으로 이어진 인도를 따라가자 강을 향해 테라스처럼 반원형으로 돌출된 곳이 보였다.

'이렇게 차들이 쌩쌩 달리는 다리에서 강을 건너다 강 풍경을 보라는 거야 뭐야?' 강물 위로 저 멀리 또 다른 다리가 보였다. '생일 이야기를 한 건 정말 쩨쩨하기 이를 데 없었어. 아이 쪽팔려. 찌질한 놈.'

다리 난간에 기대어 그는 강물을 내려다보았다.

'일 크게 벌이지 말고 이대로 가버릴까?' 그는 심호흡을 한 뒤 숨을 꼭 참으며 검은 강물 위로 서서히 얼굴을 숙였다. 순간 귀와 콧잔등에 올려져 있던 안경이 덜컹하면서 떨어질 뻔했다. 놀란 그는 바로 안경을 추슬러 올렸다.

"에잇, 죽을 용기도 없는 놈이 그 큰 빚을 내서 어쩌자는 거야?" 그는 주머니를 뒤져 나온 500원짜리 동전 하나와 100원짜리 동전 두어 개를 강으로 세차게 던졌다. 동전들은 강바람에 생각만큼 멀리 날아가지도 못하고 주인 대신 거친 강물 속으로 빠져버렸다.

2-5

P가 의국 후배 Y와 만나려 한 곳은 병원이 있는 건물의 일식집이었다. P는 약속 시간보다도 20분이나 일찍 식당이 있는 2층으로 내려갔다. 전화로 특별히 부탁한 덕분인지 직원은 창밖으로 한길이 보이는 전망이 있는 방으로 그를 안내했다.

뽀얀 도자기 찻잔에 담긴, 고운 거품이 인 말차를 한 모금 마시고 내려놓은 그는 선배의 병원에서도 가장 총애를 받고 있는 Y를 어떻게 설득할지 곰곰이 다시 생각했다. '멀쩡하게 잘 다니는 병원을 관두려 할까? 게다가 그쪽은 이미 규모를 갖춘 대형병원인데…….' 그는 한 손으로는 찻잔을 잡은 채 다른 손 집게손가락으로 계속 테이블을 두드렸다.

멀지 않은 거리인데 약속보다 15분이나 지나서야 Y가 나타났다.

"형 오랜만이에요. 제가 좀 늦었죠?"

"아냐. 나도 좀 전에 왔어. 역시 병원이 커서 일이 많구나?"

"아니에요. 제가 손이 느려서 그렇죠. 말씀하신 대로 그냥 저녁 한번 먹자고 부르신 건 아닐 텐데, 무슨 일 있으세요?"

"아냐. 내가 널 워낙 좋아하잖아. 좋아하는 후배 밥 한 번 사준다는 데 이유가 있나? 일단 식사부터 하자, 이야긴 천천히 하고."

"그럴까요?"

P는 기다리던 직원에게 메뉴를 펼쳐 손가락으로 가리키며 말했다. "여기 이걸로 2인분 주세요."

"음료나 술은?" 직원이 물었다.

"글쎄요. 뭐 마실래?" P는 Y를 보며 물었다.

"일식이니까 사케나 한잔할까요?"

"그래 그럼." P는 직원을 보며 "오토코야마로 주세요."

"준마이 다이긴죠로 드릴까요?"

"네. 좋지요." 그는 고개를 끄덕이며 말했다.

"형, 좋은 술을 사주시는 걸 보니 뭔가 하실 말씀이 있을 것 같은데요?"

"너하고라면 당연히 이 정도는 마셔야지."

"아이, 이제 말씀해 보세요."

"그래, 제안을 좀 하려고."

"어떤?" Y는 손을 닦던 물수건을 내려놓으며 물었다.

"사실 내가 좀 큰 계획을 세웠는데 말이야."

"어떤 계획이요?"

"업계 1위를 한번 해보려고."

"1위요?"

"그래 규모에서도 질에서도 성형 업계 1위 말이야."

"네?"

"난 지금 12층 규모로 성형외과 단독 건물을 올리고 국내 최대 규모로 병원을 하려고 계획 중이야."

"12층이요?"

"그래. 그래서 제일 믿음 가고 실력 좋은 너에게 지분을 주고 뜻을 같이해보자는 거지. 도원결의하듯이 말이야."

"아, 형. 감사한데요. 전 지금 있는 병원에 계약이 아직 남아 있어서 말이죠."

"그래?"

"개원가에 처음 나왔을 때 아무것도 모르는 저에게 수술 다

가르쳐주시고, 제 개인 외래까지 열어주신 분인데, 그런 선배하고 한 약속을 깰 수는 없어요."

"음……." 그의 얼굴이 붉어졌다.

"죄송해요."

"알아. 너의 입장. 그 부분은 내가 따로 만나서 잘 이야기해줄 게. 그리고 어차피 네가 계속 페이닥터만 할 건 아니잖아? 내가 아는 넌 누구보다도 성공 지향적인 친구인데."

"그래서 더 이상해요. 형은 제가 아는 한 가장 안정 지향적인 선배인데, 갑자기 왜 이런 생각을 하게 되셨어요?"

"일단 식사도 나왔는데 술 한 잔 먼저 하자." P는 아까부터 식탁에 깔려 있던 샐러드니 계란찜이니 하는 것들 사이에 직원이 놓고 간 사케 병을 들고 Y에게 따라주었다. "너도 곧 내 나이가 될 거야. 남자가 나이 50이 코앞에 닥치면 지나간 시간을 되돌아보게 돼."

"형, 나이가 벌써?"

"그러게, 곧 50이야. 지난 세월이 어떤 것이었든 이제 남은 활동 기간이 10년 밖에는 없다는 생각이 들지. 그런데 지나간 10년을 생각해보면 이건 정말 순간이었다고 해도 될 정도거든."

"그렇긴 해요."

"그리고 의료가 우리나라에서 가장 중요한 사업이 될 시기가 왔다고 생각해. 의료 관광사업에서 세계적인 경쟁력을 갖추려면, 규모도 의료인의 수준도 최고가 아니면 안 된다는 게 내 생각이야."

"그랬군요. 형. 그런데 좀 전에 도원결의 말씀하셨는데, 제가 사실 지금 있는 병원에서 처음 시작할 때 한 것이 바로 그거였거든요. 다시 말씀드리지만 전 의리상 몸을 뺄 수가 없어요."

"지분은 언제 받기로 했니?" 그의 목소리가 조금 떨렸다.

"2년 더 근무하면요."

"그래. 천천히 생각해봐. 나도 삼고초려 생각하고 너에게 제안하는 거니까. 그리고 너에게는 자본금 한 6억만 넣어도 병원 전체 지분의 30%를 주려고 생각하고 있어."

"30%요?"

"그래 그리고 더 중요한 건 이건데."

"어떤?"

"현재 거래가로 190억이고 장차 3년 이내에 750억이 될 부동산 자산의 10% 지분도 줄 거야. 땅과 건물 자체에도 등기를 해줄 테니까 나쁘지 않지?"

"6억에 10% 등기를 해준다고요?"

"그래 3배로 쳐주는 거지."

"에이, 형. 설마."

"진심이야."

"정말요?"

"의사 신용대출로 몇억은 나오니까 당장 네가 현금을 많이 준비해야 할 필요도 없어. 어때?" P는 술잔을 내려놓으며 말했다.

"파격적이긴 하네요."

"그리고 너 말고 J도 참여할 거야."

"J요?"

"그래 너랑도 친하잖아."

"그렇긴 하죠."

"J는 병원 지분 20%에 부동산 지분 약 7% 주려고 생각해."

"그럼 4억에?"

"그렇지. 그리고 지분을 갖는 대표원장은 더 이상 없을 거야."

"알겠어요. 형. 형의 뜻은 충분히 알았지만, 너무 기대는 하지 마세요."

"그래. 시간은 있으니까. 자, 건배!" 하며 P는 Y와 잔을 부딪쳤다.

Y도 보통 병원에서 페이닥터와 재계약할 때 겨우 5% 정도의 지분으로 붙잡아 둔다는 것을 알고 있을 것이다. 거기에 비하면 부동산 등기까지 해주는 그의 제안은 과히 파격적이었다.

확실한 답은 받지 못했지만, 식사를 마친 P는 웃으며 Y와 헤어졌다. 자신의 주량보다 많이 마셔버린 그는 대리운전기사를 불렀다. 평소에 앉아보지 못하던 자신의 차 뒷자리에 앉아 그는 창밖으로 보이는 도시의 화려한 불빛들을 바라보았다.

재건축이 되지 않아 지하주차장이 없는 그의 아파트 단지에는 이 시간에 주차할 자리가 없었다. 단지 경계를 따라 있는 공영 주차장에서 그는 대리기사를 보내며 열쇠를 건네받고는 아무도 없는 놀이터 그네에 걸터앉았다.

30% 지분이면 같이 하겠다고 하겠지? 아닌가? 대답을 바로 안 하는 걸 보면 욕심이 더 많은가?

그런데, 이렇게 다 나눠 줘버리면 남는 게 뭐지?

아니야, 아니야. 그래도 이렇게 똑똑한 친구들을 어디서 데리고 오겠어. 사업에는 결국 사람이 제일 중요한 거야. 더 준다고 해도 병원이 제대로 굴러가는 게 중요하지. 안 그래?

혼자 중얼거리던 그는, 밤나무와 소나무가 심어진 단지 뒤쪽 오솔길로 밤 운동을 하러 나가는 사람들이 지나가자, 옷을 추스르며 일어나 느린 발걸음을 옮겨 집으로 향했다.

엄청나게 크고 멋진 건물이었다. 푸르스름한 유리의 색깔이 비쳐 보이는 통유리 건물. 그런데 아내와 아이들이 보는 앞에서 그 큰 건물이 산산이 무너져 내렸다. 그는 뒤돌아서서 뿌얀

먼지로부터 아이들과 아내의 얼굴을 가려주려고 했으나 그의
양복 재킷으로 그들 모두를 다 가려줄 수는 없었다.

　순간 그는 푸다닥 잠자리에서 일어났다. '꿈이었구나!' 그는 어
깨를 들었다 놓으며 크게 한숨을 쉬었다. 아무도 없는 침대에 앉
아 그는 생각했다. 악몽을 다 꿨네, 빌딩에 너무 몰두했나 봐.
　술 때문인지 목이 마른 그는 냉장고의 문을 열고 찬물을 꺼
내어 한 컵 가득 따라 마셨다. 시계를 보니 새벽 4시.
　그는 거실 소파에 앉아 머리를 움켜쥐었다. 다 잘 될 거야. 너
무 예민하게 생각하지 말자. 큰일을 추진하려면 이 정도 걱정
고민은 당연한 거야. 이런 생각을 하지 않는 것이 더 이상하지.
생전 해보지 않은 큰 거래인데. 괜찮아. 괜찮을 거야.
　그는 둘째 방에 있는 아내가 혹시 깰까 봐 안방으로 들어가
며 소리 나지 않게 방문을 살살 닫았다.

2-6

계약 당일, 집을 나서며 P는 생각했다. '영 찜찜해. 계약을 아침도 아니고 웬 점심이 다 되어가는 시간에 하자는 거지? 아직도 형제들끼리 의논이 안 끝난 건가?' 그는 자기도 모르게 미간을 찌푸리며 입술을 끌어모았다.

'10억이나 깎은 것도 깎은 거지만, 건물만 새로 올리면 가격이 확 뛸 땅을 주변 시세보다도 너무 싸게 파는 거 아니냐고 억울해하는 게 아닐까? 오늘이 계약일인데 설마 마음을 바꿔 먹지는 않겠지?'

가는 내내, 보조석에 앉은 아내는 아무 말이 없었다.

얼마 후 그는 사려고 하는 바로 그 건물 앞에 차를 세웠다. 이해 당사자가 너무 많아, 중개인들이 좁은 부동산 중개소가 아니라 차라리 매매할 건물에서 계약하자고 했던 것이다.

이미 명도가 끝나 매점이니 작은 커피숍이니 하던 가게들이 다 나가버려 휑하니 빈 건물 2층, 극장 사무실로 쓰던 방의 바닥에는 짐을 뺄 때 흘리고 간 서류들이 구겨진 채 여기저기 떨어져 있었다. 계약을 위해 임시로 옮겨 놓은 커다란 탁자 주위로 매도자와 매수자 양측이 계약서에 서명하기 위해 모여 앉았다.

계약 금액만큼 대출금도 큰 거래라 은행에서도 한 명의 직원이 입회하였고, R은 상대측 부동산 중개인과 함께 서류들을 확인하며 준비하고 있었다.

장인, 장모는 물론, 돈을 꿔준 사촌 형들까지 벽을 따라 놓인 오래된 소파에 앉기도 하고, 자리가 모자라 더러 서 있기도 했다. 그 한쪽에 P의 아내 W도 조용히 바닥을 내려보고 서 있었다.

'얼마 전까지도 나를 말리려고 장모님과 의논했었는데. 모자라는 돈을 메우려고 장인어른에게까지 아쉬운 소리를 시켰으니……. 어쩌겠어. 이미 일은 벌어졌는데. 아직도 눈두덩이 부어있구나.' P는 아내로부터 시선을 돌렸다.

각자 대출을 일으켜 참여한 후배 Y와 J도 테이블 한쪽에서 돌아가는 상황을 지켜보고 있었다. 그들도 장차 이 건물에 대해 상당한 정도의 권리가 생길 것이다.

파는 쪽 네 명과 Y, J의 서명이 모두 끝나고, 드디어 P가 펜을 들고 서명을 하는 순간, 어색하고 무거운 분위기 속에서 모두의 시선이 P의 손끝에 모였다.

그 순간 그는 단상에 올라가 선서를 하던 고등학교 입학식을 떠올렸다. 모두가 그를 우러러보던 그때, 아마도 그때 이후로 그렇게 떨리면서도 자랑스러운 순간은 지금이 처음인 것 같았다. 지방에서 고등학교를 졸업하고서 국내 최고의 명문 의과대학을 들어갔지만, 그때는 수석 입학이 아니었기에⋯⋯.

그가 검고 윤기 흐르는 몽블랑 만년필을 들고 서명을 하자 R은 잉크가 번지지 않도록 반원형 기구를 잽싸게 들고 그의 서명을 꾹 눌러주었다.

'좋아, 이젠 뒤돌아갈 수 없어. 전진하는 수밖에⋯⋯.' 그는 펜의 뚜껑을 닫으며 입술을 깨물었다.

"축하합니다. 드디어 계약이 성사되었습니다." R이 말하자, P와 Y, J, 4명의 매도인들은 서로 악수를 교환했다. 주변에 있던 사람들 중 몇몇은 손뼉을 치기도 했다.

R이 전하는 바로 매도자 쪽은 어머니가 돌아가셔서 건물을 갑자기 상속받은 형제들이었다. 그중 한 명이 외국에 사는 탓에

시세보다 적은 금액이었지만 급한 대로 팔아 상속세를 내고 유산을 나눠 갖자는 데에 동의하였는지 끝내 이견이 없었다는 것이다.

P는 R이 주는 누런 서류봉투를 챙겨 일어났다. 아내와 가족, 친지들도 그와 함께 일어나 계단을 내려가기 시작했다. 그는 '철거'라고 붉은 스프레이 글씨가 써진 건물 외벽 앞에 서서 모두 감사하다며 고개를 숙였다. 그리고 그는 손가락으로 식당 쪽을 가리키며 모두 함께 식사하러 가자고 소리쳤다.

P는 마지막으로 매도자들과 어색한 인사를 하고 사람들을 이끌고 방금 사들인 건물 뒤쪽의 고깃집으로 향해 걸어가며 '이 사람들의 믿음을 내가 지켜낼 수 있을까?' 하는 생각을 했다. 하지만 곧 식당에 들어가 제일 비싼 꽃등심을 인원수대로 시키고, 애써 당당한 목소리로 자신을 믿어주어서 다시 한 번 감사하다는 인사말을 하고 있었다.

제 3 부

위기

3-1

P와 Y, J는 기존 병원의 원장실에서 모였다. P는 직원들이 스타벅스에서 사 온 키위 주스를 플라스틱 얼음 잔에 부으며 말했다. "응. 고마워. 먼저 퇴근들 해."

그는 좁은 원장실의 책상 앞, 보호자들이 앉는 의자에 앉아 있는 Y와 J에게도 그들이 오기 전에 이미 시켜 놓았던 키위 주스를 권했다. "어서들 들지. 저녁이라 커피보단 나을 거야."

"네." Y는 입을 살짝 한쪽으로 삐죽하고는 주스 잔을 들었다.

"그리고 드디어 여기 도면. 용적률과 사선 제한에 맞게 설계는 이렇게 나왔어. 오늘 우리가 결정할 것은 내부를 어떻게 배치해서 사용할 것인가 하는 거야."

"저도 좀 봐도 되지요?" Y가 테이블 위의 주스 잔을 한쪽으로 치워버리고 푸른색 도면을 펼쳤다. "고민하시더니 결국 13층으로 나왔네요?"

"R의 말대로 층고를 조금씩만 낮추니 13층이 가능하더라고. 어때?"

"괜찮네요." Y가 대답했다.

"네, 멋져요." J도 같이 들여다보며 말했다.

"아마도 지금까지 국내 성형외과병원 중 최대 규모일 거야! 업계 1등이 되는 거지."

"아우, 어마어마하네요!" Y가 두 손으로 붙잡고 도면을 뒤로 넘기다 말했다.

"전면, 측면은 모두 통유리로 들어가는 거야. 아마 사람들의 시선을 확 끌게 될걸? 그리고 밤에도 조명을 실내에서 비추면 이 거리에서 최고의 랜드마크가 되겠지."

"정말 전 층을 다 성형외과로 쓰시게요?" J가 물었다.

"그래야겠지. 그래야 누가 뭐래도 업계 1등 규모라고 내세울 수 있으니까. 생각해보라고 포털사이트 메인 박스에 '지하 4층 지상 13층 국내 최대 규모의 성형외과 병원 P 성형외과!' 딱 이렇게 올라가야 하지 않겠어?"

"형님 멋지긴 한데요, 너무 큰 거 아니에요? R의 이야기로는 이미 받은 대출로 건축비는 충당이 되어도 인테리어를 제대로 하려면 돈이 모자랄 수도 있다고 하던데요." Y가 말했다.

"처음부터 너무 위축되지 말자고. 인테리어를 너무 화려하게 할 필요는 없어. 미니멀리즘으로 아주 심플하게 하면서도 비용 많이 안 들게 하는 업체를 정하면 돼. 그래서 오늘 우리가 내부를 어떻게 배치하고 동선을 구성할 건지 의논하고, 앞으로 인테리어 업체들의 견적서도 받아서 검토해보자고 모인 거야."

"건축비 견적서 좀 먼저 볼 수 있어요?" Y가 물었다.

"응. 그래. 이거야." P는 철끈으로 묶인 두툼한 서류 뭉치를 건네주었다.

"126억이요?" 문서의 커버를 넘기고 첫 장을 펼치자마자 Y가 인상을 찌푸리며 물었다.

"그래. 원래 이 정도 규모에 100개 정도는 들어간다네. 물론 바닥에서 암반이 안 나온다면 이거보다는 좀 줄어들 수도 있고. 지금 금액에는 뭐라더라 바닥에 암반이 나왔을 경우에 주변 건물에 영향을 안 주면서 발파하는 특수 기술 시공비까지 포함된 금액이래."

"형. 이 정도에 또 인테리어비가 들어간다면 전체 금액이

400개 가까이 되겠는데요?"

"건축비가 이 정도는 나가. 아니면 다른 회사에 네가 견적을 더 받아보든지."

"아뇨. 형이 어련히 알아서 잘 선택하셨겠죠. 시간도 없는데…… . 차라리 몇 개 층은 다른 과를 임대로 넣으면 안 돼요?" J가 물었다.

"어허, 글쎄 인테리어 비용을 그렇게 많이 안 쓸 거라니까. 폼이 있지 지저분하게 임대를 어떻게 줘? 그럼 업계 최대 규모를 내세울 수도 없잖아?" P가 말했다.

"그렇긴 한데, 우리 능력만으로 가능할까요? 외부 투자를 좀 받으면 어때요?" Y가 물었다.

"투자요? 그건 법적으로?" J가 물었다.

"알겠어. 거기까진 그렇고." Y가 말끝을 흐렸다.

"그럼 일단 인테리어 업체들 견적서를 받아보고 생각하자고. 알겠지?" P는 침을 한번 삼키더니 남은 주스를 한꺼번에 들이켰다.

Y와 J는 남은 주스를 들며 서로의 눈빛을 슬쩍슬쩍 확인했다.

3-2

병원 일을 마친 P는 급히 현장에 나와 달라는 전화를 받고, 인테리어 공사 현장 소장을 만나기 위해 Y, J와 함께 신축 건물로 향했다.

계단을 올라가 공사 진행 상황을 둘러보다 P가 인부 한 사람에게 현장 소장이 어디 있는지 묻자 그의 얼굴을 알아보지 못한 인부는 위층을 향해 큰소리쳤다. "소장님. 여기 누가 찾아왔어요."

"올라오라고 해요." 누군가의 목소리가 들렸다.

그들이 한 층을 더 올라가자 소장이 뒤를 돌아보고는 다가와 돼지주둥이처럼 생긴 공업용 방진 마스크를 벗으며 말했다. "안녕하세요?"

"안녕하세요? 소장님, 무슨 일인데 급히 오라고 하셨는지?"

"그게 말이죠. 저희가 천장 마감을 하다가 혹시 몰라서 오늘 소방설비 업체를 불러서 소방 점검을 했거든요. 그런데, 건설사에서 스프링클러를 해놓은 것이 일반 사무용 건물용이랍니다."

"뭐라고요?"

"대규모 병원 건물에 해당하는 소방기본법 기준에 안 맞게 스프링클러를 해놓고 공사를 끝낸 거란 말씀입니다. 천장 마감을 이미 한 층에 공사한 것을 다 뜯고 새로 해야 할 판입니다."

"이게 무슨 소립니까? 12월에 개업하려면 11월 말에는 가구와 집기를 들여놔야 하는데, 갑자기 천장을 다 뜯고 공사를 다시 해야 한다니요?"

"저희도 난감합니다. 이 사람들 뻔히 건물을 병원으로 사용할 것을 알고 그냥 준공이 떨어지기만 할 정도의 개수만 해놓고만 거죠. 그래놓고는 우리에게 인수인계도 안 해주고요. 저희는 건설사만 믿고 벽체 마감이랑 천장 마감을 다 한 건데."

"도대체 이게 무슨 일이에요. 건설사하고 그 정도도 서로 소통 안 하시고 일을 시작한 겁니까?" P가 말했다.

"그게 아니고요. 저희는 건축설계 단계에서부터 병원 건물로 짓고 계신 거니까 당연히……"

"당연히가 어디 있습니까? 그럼 지금 마감한 걸 다 뜯으면 그 비용은 누가 내고, 개업일이 연기되는 것에 대한 피해는 누가 배상합니까?" Y가 거들었다.

"그야 건설사하고 원장님들이 해결하셔야지요. 저희도 다 이야기 들었는데, 그 회사가 병원용 건물을 처음 지었답니다. 그러니 늘 하던 대로 사무실 건물 기준으로만 해놓고 만 거죠. 저희도 다음 공사 현장 들어갈 날을 다 정해 놓고 있는데, 다음 공사까지 망치란 말입니까?"

"이런 식으로 하시면 저희는 공사 대금 다 못 드립니다." P가 대답했다.

"무슨 소립니까? 인테리어 공사를 하게끔 해놓고 저희를 들였어야죠. 추가 금액이 나올 상황인데 대금을 못 준다니요?"

"아니 이 사람들이, 보자 보자 하니까?" Y가 턱을 들이밀며 말했다.

"아, Y 목소리 낮춰봐. 흥분하지 말고." P가 말했다.

"비용은 얼마가 나오나요? 천장을 뜯고 새로 하는 데에요." J가 물었다.

"벌써 8개 층을 다 덮은 상황입니다."

"그럼 나머지는 건드릴 필요 없죠?" P가 물었다.

"아니죠. 천장 마감은 새로 안 해도 되지만, 엉터리 스프링클러는 다 뜯어내고 배관을 더 해서 새로 설치해야지요. 결국, 이중 일을 만든 건 건설사라니까요. 그 비용도 다 건축비에 포함 시켰을 거 아녜요? 확인해 보시라고요."

"알겠습니다. 일단 흥분하지 마시고요. 저희에게 지금 중요한 건 개업일을 예정대로 지켜 공사가 끝나야 하는 겁니다. 영업이 시작되어야 잔금이 되었든 추가 금액이 되었든 드릴 수 있는 거니까요."

"형, 추가 금액은 이야기하지 마세요." 다시 Y가 말했다.

"아니, 이 양반이……." 소장이 말했다.

"아무튼, 알겠습니다. 야간 공사라도 해서 나머지 공사 먼저 빨리 진행해주세요. 겨울 성수기 지나고 개업할 수는 없으니까요." P가 Y 쪽으로 손바닥을 펴 제지하며 말했다.

"다시 말씀드리는데, 인테리어 공사는 원래 건축이 다 끝나고 문제가 없다는 가정하에 시작하는 겁니다. 원장님께서 워낙 시간이 급하다고 해서 건축이 다 안 끝난 상태에서 편의를 봐 드린 거니까 그렇게 알고 계세요."

"자, 내려가자." P는 Y와 J에게 손짓하며 공사용 임시 엘리베이터를 타고 1층으로 내려갔다.

임시로 설치해놓은 공사장 차단벽 가운데로 난 문 앞에서 인부들이 일과를 마감하기 위해 자재며 연장들을 정리하고 있었다.

"형, 이거 해결이 쉽지 않겠는데요? 건설사는 이미 자기들 일 끝났다고 다 철수했는데."

"이게 도대체 누구 잘못인 거야? 이러다 12월에 개업 못 하면 어떡해?"

"개업일 늦어지면 정말 큰일이에요. 환자도 못 받는데 뽑아놓은 직원들 인건비 그냥 줘야 할 거 아니에요?" Y가 말했다.

팔짱을 낀 채 이마를 잡고 있던 J가 말했다. "형, 생각해보니 우리가 그때 최저가 입찰한다고, 소방설비 쪽은 아예 빼고 계약한 것 같아요."

"정확한 거야? 그럼 우리 잘못인 거야?" P가 물었다.

"일단 건설사하고 싸워봐야지. 설계 실수니까……." Y가 고개를 좌우로 흔들며 말했다.

"순순히 해줄까요? 그런데 그 큰 회사가 병원을 한 번도 안 지어봤다는 것이 말이 돼요?" J가 말했다.

"사실 이렇게 큰 대형병원을 지어본 회사는 많이 없겠지." P가 답했다.

"그렇긴 해도 큰일이네요. 혹시라도 건축비에 돈이 더 들어가면 안 되는데. 요즘 금리가 외국하고 역전되었다고 계속 뉴스

나오더라고요." Y가 앞머리를 쓸어 올리며 말했다.

"가계대출 때문에 망설이고 있지만, 결국 금리를 올리겠지?" P가 말했다.

"네. 걱정이에요. 변동금리로 그 큰 금액을 대출받았으니."

"금리가 오르면 소비 심리도 위축될 텐데. 그것도 걱정이야. 일단, 스프링클러 건은 건설사 대표하고 내가 전화해볼게."

문을 닫으려고 인부들이 호스를 끌어와 공사장 앞에 물을 뿌리자 바닥에서 뽀얀 먼지가 일어났다. 그들은 물줄기를 피해 서둘러 인사를 하며 헤어졌다.

3-3

우여곡절 끝에 겨울을 앞둔 11월 드디어 투명에 가까운 푸른 기운이 도는 통유리 건물이 왕복 10차선 대로변에 올라섰다. 층수에 욕심을 내 12층이 아닌 13층으로 지어졌기 때문에 모든 층의 층고가 다 조금씩 낮아져 누구든 건물에 들어서면 공간이 약간 답답하게 느꼈다. P 역시 후회의 마음도 들었지만, 이제 와서 어쩔 수 없는 일이었다.

건물 전체의 인테리어는 아직 다 끝나지 않았지만, 준공 승인이 떨어졌기에 12층 제일 큰 방에는 하얗게 기본 마감이 된 벽을 따라 의사들을 위한 책상들이 배치되었다. 그리고 그 가운데에 20명은 족히 둘러앉을 수 있는 원탁이 놓였고, 해 질 녘 P와 Y, J는 회의하기 위해 원탁에 모여 앉았다.

P는 간호사가 사 온 커피와 주스를 들고 두 후배에게 하나씩 나눠 주며 말했다. "Y 네가 커피였지? 넌 오렌지 주스고."

"네."

"네."

"드디어 준공 검사필증도 받았고 기본적인 벽체 마감은 끝났으니까, 이제 우리 맘대로 건물을 써도 돼."

"축하드려요, 형. 그럼 건설사하고 대금 이야기는 끝난 거예요?" Y가 물었다.

"그러게, 최근에 요양병원 화재 때문에 병원 소방설비를 강화한 소방법을 모르고 있었던 건 자기들 잘못이니까 과실을 인정한 거야."

"그럼 우리 돈 더 나갈 건 없는 거죠?"

"계단실에 인조 대리석 추가로 붙인 금액에서 그만큼 빼고 달라는 거지."

"아, 그놈의 추가 금액. 업자들은 언제나 견적보다 더 해줬다고, 돈 더 들어갔다고 그런다니까요. 인테리어 회사도 벌써 추가 금액 한참 더 나왔다고 난리던데."

"이전 현장에서 잔금 빨리 안 줘서 사용 중지 가처분을 넣은 적도 있다고 슬쩍 흘리더라고."

"사용 중지 가처분이요? 건축주를 상대로 한번 해보자는 거네요?" Y가 씩씩거렸다.

"넌 그 얘기 모르고 있었구나? 빨리 개업해서 좋게좋게 끝내야지."

"그런 소리 할 때, 좀 더 세게 나가지 그랬어요? 스프링클러 문제 때문에 아직도 열 받는데." Y는 분을 참지 못했다.

P가 키위 주스를 한 모금 더 마시고 컵을 내려놓으며 말했다. "그나저나 오픈 시점에 배너광고 자리는 잡을 수 있대? 좀 알아봤니?"

"네. 일단 겨울 시작이라 메인 자리를 놓고 입시하는 대학들하고 경쟁이 되는데요. 그래도 돈만 더 낸다면 매년 내보내던 대학 한 군데를 빼고 저희 광고를 실어주겠답니다." J가 대답했다.

"그 자식들 절대 안 된다더니 결국 돈이었구나. 금액은 얼마까지?"

"하루 3천이요. 부가세 별도로."

"3천이요? 그럼 열흘이면 3억이네요?" Y가 놀라며 물었다. "포털사이트 좋은 일만 시키겠어요."

"첫 출발이니 이 정도는 해보자. 이렇게 큰 병원을 지어놓고 홍보를 안 할 수 없잖아. 그리고 어차피 성수기 시작이니까 바로 매출과 연결되겠지." P가 말했다.

"그래도 건축비 때문에 빚이 벌써 300개인데. 3일 정도만 하면 안 돼요?" Y가 물었다.

"최소 기간이 일주일이래요." J가 말했다.

"용기를 내자고. 어떻게 해. 힘들어도 광고는 해야지."

"이제는 빚을 끌어오기도 힘들잖아요? 금리도 올랐는데." Y가 말했다. "그럼 형, 대신 인건비라도 줄여요."

"또 그 얘기니?"

"그럼 어떻게 해요? 홈페이지에 의사 수가 일단 많아 보여야 하는데 성형외과 전문의만 뽑았다가는 봉급만 한 달에 몇억씩 나갈 판인데요. 페이닥터들은 제발 다른 과 의사를 뽑아요."

"네 이야긴 쌍꺼풀 수술은 안과, 코 수술은 이비인후과를 시키자는 거잖아?"

"그래요. 일반인들이 보기에는 왠지 연관성이 있어 보이잖아요."

"녹내장, 백내장을 치료하던 안과 전문의를 쌍꺼풀 수술을 시키고 축농증 수술, 중이염 수술을 하던 이비인후과 전문의에게 코 성형을 시키자고?"

"형. 보험과 전문의들이 자부심 갖고 자기가 원래 배운 전공과를 할 수 있으면 얼마나 좋겠어요? 아무리 사람 살리는 진료를 해도 치료비는 계속 원가나 다름없는 수준이고, 분만실이나 중증 외상센터는 운영하면 할수록 적자만 누적되니 누가 버텨내겠어요? 다들 성형시장으로 넘어오려고 하지."

"하기는 나도 역류성 식도염으로 후배 이비인후과 가서 실컷 진료받고 단돈 몇천 원 내고 나오려니 미안하긴 미안하더라고."

"그러니 어쩌겠어요? 의대에서 2주 성형외과 실습을 한 것이 다지만, 법률적으로 문제가 되지는 않잖아요? 수술은 우리가 조금씩 가르치면 되고요. 봉급을 얼마 안 받고라도 성형수술 배워보겠다는 친구들 많아요."

"그럼 지방흡입은 무슨 과를 시키나?"

"산부인과나 외과를 시키죠."

"그건 연관성이 없잖아."

"그냥 '무슨 무슨 병원 전문의 출신' 이렇게 홈페이지에는 쓰는 거죠. 그럼 다 성형외과 전문의인 줄 알 거예요."

"허허, 그러다 그들이 수술만 배우고, 환자들 다 몰고 나가면 어떻게 해?"

"계약을 길게 해야죠. 그리고 환자들이랑 친해지지 않게 환자 상담은 시키지 말고 수술만 시키고요."

"그럼, 상담은 우리가 다 하고?"

"아뇨. 상담실장들을 뽑아서 상담을 시켜야죠."

"의사도 아닌 사람들이 상담을 한다고?"

"그래서 요즘 다들 상담실장이라는 직함을 주고 일을 시켜요. 아니면 언젠가 페이닥터들 퇴사할 때 환자들이 의사를 따라가 버리게 돼요. 어쩔 수 없어요."

"알겠어. 알겠다고. 그럼 네가 타과 친구들로 한번 구해봐." P가 고개를 끄덕이듯 아니 떨어뜨리듯 하며 말했다.

3-4

개업식을 하고 난 다음 날, 바닥도 벽도 크레마 마필이라는 베이지색 대리석으로 마감된 병원 1층 로비에는 전 직원이 모여 첫 조회를 준비하고 있었다. 대리석 바닥에는 어제 스탠딩 파티를 하다가 구경 왔던 손님이 흘린, 붉은 토마토 주스 얼룩이 남아 있었다. 빨리 닦아내지 않으면 대리석이 수분을 흡수한다는 사실을 P는 어제저녁에야 알았다.

건물 입구 유리문 바로 안쪽의 로비에는 외래팀들이 올림머리를 하고 다들 똑같은 투피스 정장을 입고 서 있었다. 경력도 제각각이어서 여기저기 다른 병원뿐만 아니라 옷가게나 보험회사에서 일하다가 모인 직원들이었지만, 하늘색 유니폼을 입혀놓으니 왠지 모르게 전문적으로 보였고, 어찌 보면 항공사 승무원 같기도 했다.

그 뒤로 짙은 청보라색 수술복을 입은 수술팀 간호사들이 줄을 맞춰 서 있었다. 열린 공간에서의 이런 조회에 익숙하지 않은 듯 수술팀 사이에서는 여기저기 수군거리는 소리가 새어 나왔다.

음악마저 꺼버린 로비의 앞쪽, 병원 마크가 붙어 있는 벽면 앞으로 흰색 가운을 입은 원장들이 모두 줄을 맞춰 섰다. 사실 그들 모두가 성형외과 전문의인 것은 아니었지만……. 그 한가운데에 P가 하늘색 셔츠에 자주색 실크 넥타이의 매듭이 아주 단단해 보이도록 매고, 양복 재킷 모양의 흰 가운을 입고 서 있었다. 조여 맨 넥타이 때문이었는지 모르지만, 그의 얼굴은 붉게 상기되어 있었다.

대포같이 큰 렌즈가 달린 카메라를 든 직원이 줄 맞춰 서 있는 원장들의 모습을 플래시를 터뜨려가며 찍는 동안 드디어 P는 마이크를 잡고 입을 열었다.

"직원 여러분, 안녕하십니까? 오늘은 드디어 우리 P 병원이 의원이 아닌 병원으로서의 실무를 시작하는 날입니다. 지상 13층 지하 4층 모두 17개 층 총면적 1500평, 국내 최대 규모의 단독 성형병원이 바로 우리 병원입니다. 그동안 개업 준비를 위해 애써 주신 직원 모두에게 감사의 말을 전합니다." 그는 가볍게 고개를 숙였다. 그 순간 직원들은 손뼉을 쳐야 하는지 아닌지를 알지 못해 그저 서로 옆 사람의 눈치를 보고만 있었다.

"오늘 첫 조회에서 말씀드리고 싶은 이야기는 다름이 아니라, 우리 모두가 자신이 하는 일에 프로가 되자는 것입니다. 상담실장은 상담 프로, 치료 간호사는 치료 프로, 수술 집도의들은 수술 프로. 각자가 자신이 맡은 분야에 누구보다도 숙련된 프로가 될 때 우리 P 병원은 규모만이 아니라 실력에서도 업계 최고의 병원이 되리라고 생각합니다. 모두 애써주십시오. 감사합니다." P는 떨리는 손으로 마이크를 원무부장에게 되돌려 주었다.

각 부서 부서장들의 인사말이 이어지고, 몇 개의 정해진 구호를 외친 후 직원들은 각자 자신의 자리로 돌아갔다. 그들이 흩어지고 난 로비에는 수백 개의 크리스털로 된 샹들리에가 적막함속에 미세하게 흔들렸고, 오전 내내 그 빈 공간에는 환자 대신 유키 구라모토의 외로운 피아노곡만 낮게 울려 퍼졌다.

드문드문 몇 명의 환자가 상담을 받고 간 오후 대표원장인 P와 Y, J는 의국에 모여 앉았다.

"첫날이라 좀 어수선했지? 고생들 했어." P가 말했다.

"고생은요." Y가 말했다.

"모아 놓고 보니 직원 수가 어마어마하더라고요." J가 말했다.

"그렇지? 그래도 다 필요한 인원이니까."

"형. 그런데, 뭐 아직 매출을 이야기할 단계는 아니지만, 내원객 수가 너무 적어요." Y가 일일 결산 용지를 내려놓으며 말했다.

"포털사이트에 광고를 그렇게 했는데도 이 정도야?" P가 결산 용지를 손가락으로 짚으며 물었다.

"네. 어제 주식시장 폭락 영향 때문인 것 같아요."

"나도 개업식 끝나고 어젯밤 늦게 그 뉴스 봤어."

"외국계 자금이 완전히 투매하다시피 팔았다니까 개인 투자가들도 패닉인 거죠. 오늘도 뉴스에서 종일 위기의 시작이라고 이야기하니 문제에요. 그래서인지 포털에서 꽤 많은 시간 노출이 되었을 텐데도 직접 내원으로는 연결이 잘 안 되나 봐요."

"하필 이 시기에……. 이벤트 같은 걸 해야 할까요?" J가 물었다.

"뭐 경품 추첨 같은 거 말하는 거야? 너무 상업적으로 보이는 것도 격이 떨어져서 말이지." P가 말했다.

"형. 수술 결과로 승부하는 시대는 지났어요. 형 수술 실력 좋고 결과 잘 나오는 건 알지만 어느 세월에 그걸 알아주겠어요?" Y가 말했다.

"이젠 무조건 마케팅이란 말이지?" P가 물었다.

"아무튼, 일주일쯤 상황을 더 보고 나서, 피상적인 광고 말고, 타깃을 잡아서 하는 마케팅을 고민해봐야겠어요." Y가 말했다.

"그런 건 외주를 줘야지?"

"아뇨. 형. 그저 믿고 통으로 외주를 줬다간 어디에 얼마 썼는지도 모르고 총알을 다 써버리게 돼요."

"그럼 어떻게 해?"

"전에 있던 병원에서는 결국 내부 팀을 조직했어요. 우리도 24시간 마케팅에 집중할 직원들을 뽑아야죠." J가 말했다.

"블로그도 되는대로 많이 만들고, SNS 채팅 같은 것도 활용해야죠. 그러려면 직장인들 퇴근 시간에도 상담 댓글을 써주고, 실시간으로 전화 콜도 받아야 해요. 지금 직원들로는……." Y가 검은 수첩에 쓴 메모를 보며 말했다.

"결국, 마케팅팀을 꾸리고 상담도 24시간 하자는 거구나."

"네. 형. 이젠 시대가 바뀌었어요. 꼼꼼히 수술만 해서는 이 규모 유지 못 한다고요."

"알겠어. 그럼 공고를 올리고 마케팅팀을 제대로 뽑아봐."

3-5

병원에서의 첫날을 마친 상담사 C는 라커룸에서 하늘색 유니
폼을 벗고 사복으로 갈아입었다. 외래에서 유니폼을 입은 채 아
직 퇴근하지 않고 있는 상담부장 H와 마주치자 그녀는 천천히 고
개를 숙여 미안한 듯 인사를 하고 병원 문을 나와, 한쪽 벽에 붙
어 있는 근태관리기의 퇴근 버튼을 눌렀다.

"지문 혹은 카드를 대주세요." 그녀는 카드를 왼손에 꼭 쥔 채
오른쪽 두 번째 손가락을 가져다 대었다. "퇴근이 처리되었습니
다." 퇴근한 뒤였지만 어렵게 입사한 병원의 직원증을 핸드백에

넣지 못하고 계속 손에 쥐고 있던 C는 휴대전화를 꺼내면서 그제야 그것을 핸드백에 조심스럽게 넣었다.

"엄마 나야!" 엄마에게 전화하는 그녀의 목소리가 들떠 있었다.

"그래 첫 출근 어땠어?"

"너무 좋았어요. 병원도 진짜 크고 깨끗하고."

"일은 안 어려워?"

"뭐 보험 영업하는 것보다는 쉬워요. 여기저기 돌아다니지도 않고, 상담실에서 환자들을 보고 수술을 권하기만 하면 되는 거니까."

"네가 환자들에게 수술을 권한다고?"

"네. 상담부장님이 잘 봐주셔서 코디네이터가 아니라 상담실장으로 바로 일하게 해주셨어요."

"상담실장? 이렇게 바로?"

"네. 보험 영업했다고 하니까 환자 잘 다루겠다고 바로 상담 일을 주셨어요."

"그렇게 해도 되니? 네가 간호학과를 나온 것도 아닌데……."

"다들 그렇게 해요. 스튜어디스 하던 언니도 있고, 옷가게 하던 언니도 있고요."

"자격증 없어도 불법이 아니라니?"

"법이요? 그런 건 모르겠고, 성형외과, 피부과 병원에서는 다들 이렇게 한대요."

"조심해라, 얘야. 혹시 잘못되기라도 하면 네가 다 뒤집어쓸라."

"엄마도 참, 다들 그렇게 하고 있다니깐······."

"아무튼, 밥 잘 챙겨 먹고, 사람 조심해."

"네. 엄마. 걱정하지 마세요."

"오늘 저녁은?"

"집에 가서 해 먹으려고요. 엄마 차 와요. 또 전화할게요."

C는 기다란 중앙버스 차로의 정거장을 달려가 버스에 마지막으로 올라탔다. 버스 문이 닫히며 그녀의 핸드백이 문틈에 끼었다. "아저씨! 여기 문틈에 제 직원증, 아니 핸드백이 끼었어요."

"어이 뒤로 좀 물러서 봐요." 운전기사가 문 쪽을 보고 말했다.

"빨리 좀 열어주세요."

버스가 잠시 멈추고 두꺼운 오리털 파카를 입은 남자 승객들이 뒤로 좀 물러서자 문이 다시 열렸다. C는 겨우 핸드백을 빼내고, 문이 다시 닫히자 흔들리는 속에서도 핸드백을 열어 직원증을 꺼내 보았다. 다행히도 직원증은 깨지지 않고 그대로 들어있었다.

만원 버스의 유리문 너머로 이미 어두워진 도시의 저녁 풍경이 보였다. '그냥 코디네이터 일만 하겠다고 다시 이야기할까? 내 욕심이 지나친 걸까? 아니야. 아니야. 이게 얼마나 큰 기회인데······. 도대체 엄마는 정말 왜 모든 일에 그렇게 걱정이 많은 걸까? 선배들도 다들 아무 문제 없이 상담하고 있는데.'

3-6

얼마 지나지 않아 병원 지하 1층은 블로그니, SNS 댓글 작업을 하는 마케팅 직원들이 차지하게 되었다. 칸막이로 나눠진 책상마다 컴퓨터 모니터를 2개에서 많게는 4개까지 켠 채로 직원들이 분주하게 작업하는 모습을 보니, P는 이제는 왠지 무언가 이루어질 것 같다는 생각이 들었다.

'이렇게 팀을 만들어 조직적으로 움직여야 했는데, 병원 혼자할 땐 외래 간호사들을 억지로 시켜서 인터넷 성형카페에 댓글이나 두세 개씩 붙이게 하고 앉아 있었으니…….'

그들이 야간에는 전화 상담도 받아야 했기에 P는 아침저녁으로 병환 중인 부모에게 문안 인사를 하듯 마케팅팀을 방문해 독려했다. 오늘도 퇴근할 무렵, P는 당직자들이 일하다 먹을 수 있도록 커피며 도넛을 사다가 직접 가져다주었다. 직원들은 모니터를 들여다보며, 키보드를 두들기며 각자 무언가 열심히 하고 있었다.

　그가 들어서자 자리에서 살짝 일어나려는 그들에게 P가 말했다. "아닙니다. 계속 작업하세요. 우리 병원 가장 낮은 곳에서 이렇게 늦은 시간까지 보이지 않게 일하는 여러분들이 어떻게 보면 가장 중요한 일을 하고 계시는 겁니다. 출출할 때 이것 드시고 일들 하세요."

　"늘 이렇게 신경 써주셔서 저희가 오히려 감사합니다." 제일 안쪽 자리에 있던 마케팅팀장은 일어나 커피와 도넛 봉지들을 절도 있게 받으며 말했다. 나머지 팀원들도 칸막이가 쳐진 책상에서 고개를 들고는 P에게 시선을 맞췄다.

　"그럼 오늘도 애써주십시오." P가 이렇게 말하자 직원들은 다시 컴퓨터 자판에 파묻듯 고개를 숙였다.

　하지만 마케팅팀을 구성하고 대대적인 바이럴 마케팅을 시작한 지 한 달이 다 되어 가는데도 환자 수는 그다지 늘지 않았다.

그동안 주가는 다시 조금 반등했지만, 불안 심리가 더 심해져 내수 경기가 타격을 입은 것 같았다. 그렇다고 해도, 학생들이 방학을 맞은 겨울이 이럴 수는 없었다. 그 큰 건물에는 공연히 환한 전등들만 켜져 있었고, 그 불빛 덕분에 대리석 벽으로 둘러싸인 공간들은 더 넓고 으스스해 보였다.

　그러던 어느 일요일, 긴급 안건이 있다며 Y는 회의를 하자고 했고, 세 명의 대표원장은 의국이 아닌 P의 방에 모였다.

"어쩐 일이야? 일요일 저녁에."

"형. 제가 오늘 새벽에 마케팅 당직자들이 일들을 잘하는지 한번 보려고 병원에 나와 봤어요. 그런데 24시간 대기하기로 했던 직원들이 하나도 자리에 없기에 어떻게 된 건가 하고 컴퓨터를 열어 봤죠. 그랬더니만 이건 난장판도 이런 난장판이 없었어요. 인터넷 댓글을 달아 줘야 할 직원들의 컴퓨터에는 밤새 야동이랑 컴퓨터 게임 프로그램만 돌아갔더라고요."

"정말이야? 어떻게 그럴 수가?"

"이 자식들 무슨 앱을 쓴 건지, CCTV에 계속 똑같은 동영상만 돌아가도록 해놓고 실컷 놀다가 새벽에는 사우나까지 하러 간 거죠. 얘네들 이러고 야간 당직 수당을 받아 간 거예요. 지금껏 내내……." Y가 씩씩거리며 말했다.

"어떻게 사람이면 이럴 수가……." P가 놀라 말을 잇지 못했다.

"청소 아주머니에게 물어봤더니 심지어 지들끼리 야식 시켜놓고 팀장이 주축이 돼서 술 마시며 카드를 치기도 했던 것 같아요."

"뭐라고? 정말이야?"

"그렇다니까요."

"알았어. 병원이 이렇게 힘든데. 허, 이거 다 자르고 새로 뽑아야겠군."

"형. 말처럼 자르기가 그렇게 쉽지는 않아요. 수습 기간이라 정식 근로 계약서 안 쓴 직원들은, 지금이라도 퇴사시키고 새로 뽑을 수 있지만, 경력직으로 스카우트해 와서 정식 연봉계약서까지 쓴 직원들은 부당해고라고 버티면 퇴사시킬 방법은 없어요." Y가 말했다.

"정말 그러니?"

"네. 5인 이상 사업장에선 웬만해서는 아무리 태도가 엉망인 직원이라도 자를 수가 없는 거죠. 경고하고, 인사위원회 열고 어쩌고 하면 하세월이에요."

"그럼 어떻게 정리하지?" P가 물었다.

"인위적으로는 정리 못 해요." Y가 말했다.

"그래도, 이 분위기에 새로 들어오는 직원들이 물들지 않게 하려면 완전히 새로 다시 뽑아야 할 텐데요." J가 말했다.

"그것참, 어떻게 하지?" P가 팔짱을 낀 채 고개를 숙이며 말했다.

"그런데, 형." Y가 말했다.

"또 뭐야?" P는 지그시 감았던 눈을 다시 떴다.

"이번 경제위기의 여파가 꽤 오래 갈 것 같아요. 금리도 또 올랐다고 하고요." Y가 말했다.

"금리를 또 올렸다는 뉴스는 나도 봤어. 어쩌지?"

"당장 이자가 또 올랐어요. 일과 중에도 병원 절반 이상이 계속 비어 있으니, 이런 매출로는 이자도 못 낼 것 같아요."

"어쩐다? 초기에 좀 힘들 줄은 알았지만, 왜 하필 이때 이런 경제위기가……. 고정비 때문에 무슨 수술이라도 가리지 않고 해야 하는 판인데, 환자 수 자체가 늘지를 않으니."

"형, 처음부터 건축비로 대출을 너무 일으켰어요. 게다가 직원 수도 어마어마하니, 이대로는 도저히 안 돼요. 차라리 1층에 로비 없애고 약국을 들이고, 3에서 5층까지는 피부과하고 안과, 치과에 임대를 주자고요." Y가 말했다.

"그럼 성형외과 단독 최대 규모라는 것은 포기해야 하잖아?"

"형. 지금 그게 문제가 아닌 것 같은데요?" J가 말했다. "다음 달이면 곧 겨울이 끝나 가는데 이런 매출로는 봄에 도저히 운영이 안 될 거예요."

"그래도 이거, 겨울 한 철도 나지 못하고 임대를 주면 다들 뭐라고 하겠어?"

"형 그냥 P 피부과, P 안과, P 치과처럼 우리 병원이랑 이름을 같이 쓰는 조건으로 부동산에 임대를 내놓을게요." Y가 말했다.

"그런 조건에 병원들이 들어오겠어?" P가 물었다.

"시도는 해봐야죠. 독자 마케팅을 하기에 한계를 느끼는 병원들이 있을 거예요. 너무 자존심 상해하지 마세요."

"어떻든 병원 얼굴인 1층은 손 안 댔으면 좋겠는데."

"알겠어요." Y가 말했다.

회의를 마쳤지만, P는 집에 가지 못하고 CEO 방이라고 적힌 사무실에서 혼자 책상 앞에 앉아 있었다. 그는 새 신을 신고 뛰어나가려는 찰라, 불황이라는 사나운 개에게 발목을 물렸다는 것을 깨달았다. 게다가 그는 지하에 가증스럽게 앉아 있을 마케팅 직원들을 생각하니 괘씸해서 참을 수가 없었다. 그는 CCTV를 돌려 보다가, 내일 수술 스케줄 표를 다시 열어보고는 애꿎은 컴퓨터 마우스만 사무실 한구석으로 집어 던졌다. "수술 방이 열 개인데 하루 수술이 7개라니……."

연이어 한숨을 쉬던 그는 옷장에서 선물로 받았던 양주를 꺼내, 안주도, 제대로 된 술잔도 없이 개업 기념품으로 나눠주던 병원 마크가 새겨진 머그잔에 한가득 부어 마시고 소파에 쓰러졌다.

새벽에 냉기를 느끼고 그는 잠을 깼지만, 그 시간에 집에 들어갈 수도 없었다. 입원실 베드 하나에 누우려고 생각해봤다. 그것도 아니었다. 병실 당직 간호사들에게 뭐라고 이야기하나? 어디 호텔이라도 가서 푹신한 침대에 눕고 싶었지만, 음주운전 단속에 걸릴지도 모른다는 생각에 그는 결국 이불도 없이 그대로 다시 잠이 들었다.

3-7

다음 날 아침이었다. 사무실 밖에서 나는 소리에 P는 잠을 깨고 얼굴을 추슬렀다. 비서가 벌써 출근한 모양이었다. 평소 술도 잘 먹지 못하는 그였기에 아직도 머리가 지끈거렸다. 입은 옷이야 어쩔 수 없었지만, 그는 머리를 추스르고 마치 아침 일찍 출근한 것처럼 보여야 했다.

눈곱을 떼려고 책상 위에 놓인 작은 거울에 얼굴을 비춰보던 그 순간 그는 문득 고등학교 3학년 때 대학 입학시험을 앞두고 아버지가 한 이야기가 생각났다.

"실패하고서 하는 말은 다 소용없는 거야. 서럽다느니, 억울하다느니, 네가 나에게 이럴 줄 몰랐다느니 하는 말……. 그것들은 아무 쓸데가 없는 말인 거야. 그래서 옛말에 이런 이야기가 있지, 억울하면 출세하라고. 일단 성공해야 네가 하는 말에 힘이 생기는 거야. 그전에는 다 패자의 변명일 뿐이고, 원망일 뿐이야. 먼저 성공하라고 그러면 모두가 네 말에 귀를 기울일 테니까."

"저 그 친구 안 만나요."

"꼭 그 여자 친구 때문에 하는 이야기는 아니야. 여자들이란 다 그렇다는 이야기이지. 지금까지 아무리 친하게 지냈다고 해도, 너 대학 떨어지고 나면 서서히 멀어지게 돼. 그때 가서 네가 이럴 줄 몰랐다고 이야기해봐야 소용없다는 거야."

P의 머릿속에 재수를 하며 아버지 말처럼 결국 헤어진 여자 친구의 얼굴이 떠올랐다. '아내도 그럴까? 내가 이 병원을 일으키는 데 실패하면?'

"여자들이란 다 그렇다는 이야기이지."

아버지의 목소리가 그의 귓가에 다시 울렸다. 그래 아내도 여자지, 열정이 다 지나가고 이젠 현실만 남은 건데. 아니지 조건 맞춰 선으로 만나 결혼한 나에게 열정이나 느꼈을까? 그래 결국 아버지 말대로 성공하는 수밖에는 없어.

그는 비서가 가져다준 모닝커피를 마시고는 병원을 둘러보러

나갔다. 씩씩하게, 그리고 마치 아무 일도 없었다는 듯이······.

그날 오후 오랜만에 들어온 안면윤곽수술을 하느라 진땀을 흘린 P는 수술장 샤워실에서 샤워를 마치고 사무실로 돌아왔다. 그는 비서가 다시 가져다준 주스를 마시며 생각했다. '아! 이거 수술도 하고, 병원 전체도 관리하고, 두 가지는 못하겠군. 내가 눈만 돌리면 또 직원들이 나 몰래 개판 치고 있을 테니, 수술을 할 게 아니라 감시를 제대로 해야지. Y 말대로 안면윤곽수술도 치과 초년생을 뽑아서 가르쳐야 할까?'

그때 갑자기 전화벨이 울렸다. "원장님, 이전에 수술받으셨다는데 OOO 양이 오셨어요."

"누구?"

직원은 목소리를 낮춰 다시 말했다. "탤런트 T 양이요."

"아, T 양. 들어오시라고 해요."

곧이어 문을 열고 검은 투피스 정장에 역시 검은 선글라스를 낀 T가 들어왔다. "원장님 안녕하세요?"

"어쩐 일이에요? 연락도 없이."

"원장님 바쁘시면 좀 기다리려고 했죠. 병원 직원들이 다 바뀌어서 전화로 제 이름 말하기도 그렇고요."

"예전 직원들도 아직 다 있어요. 전화 상담 코디네이터들을 새로 뽑아서 그렇지."

"아, 네. 그런데 병원이 엄청 커졌네요?"

"규모가 좀 커졌죠?" P는 입가에 미소를 띠었다.

"엄청요."

"이제 대기 환자들이 넓은 공간에서 편하게 계실 수 있어서 좋아요. VIP 대기실도 있는데."

"그건 몰랐네요."

"다음부턴 거기서 기다려요. 이제 막 수술 다 끝내고 올라왔으니까 원하는 걸 천천히 말해봐요."

"원장님."

"네. 말해봐요."

"저 옆에 계신 분 좀 나가 계시라고 하면 안 될까요?"

"아, 불편하세요?" P가 물었다.

"네. 좀……."

"알겠어요. 잠시 나가 있지." P는 직원에게 고개를 돌려 말했다.

"이제 편하게 이야기해봐요."

"원장님. 절대로 제 이야기는 비밀로 해주셔야 해요." 그녀는 직원이 나가며 문을 닫는 것을 끝까지 확인하고서야 입을 열었다.

"당연하죠. 지금껏 프라이버시를 지켜주지 못한 적 있나요?"

"사실은 저 부탁이 있어요."

"무슨?"

"얼굴을 완전히 갈아엎어 주세요."

"갈아엎어요?" 그의 목소리가 높아졌다.

"네. 완전히. 그리고 다시는 아무도 저를 알아보지 못하게요."

"그게 무슨 소리예요? 그럼 연기는 어떻게 하려고?"

"사실은요. 제가 그동안 정말 너무 힘들었어요." 순식간에 그녀의 눈이 빨개지더니 T는 바로 눈물을 흘리며 말했다. "사귀던 친구가 있었어요. 데뷔하기 전부터 사귀었으니까 꽤 됐어요."

"그런데요?" 그는 티슈를 하나 뽑아 그녀에게 건넸다.

"사실 저도 잘 대해주려고 했는데, 이 사람 전혀 일을 안 하려고 하더라고요. 계속 제가 번 돈으로 먹고 쓰고 놀기만 하고."

"그래서요?"

"도박하러 다니는 걸 알게 됐어요, 석 달 전에. 제가 더 이상 이렇게는 안 되겠다 싶어서 헤어지자고 했어요."

"그런데요?"

"협박을 하더라고요. 자기랑 사귀었다는 걸 공개하겠다고."

"그래요? 그냥 그러라고 하지 그래요."

"그게 안 되는 게요. 자기한테 어떻게 이럴 수가 있냐면서 그걸 공개를 하겠다는 거예요." T가 다시 엉엉 소리 내어 울기 시작했다. "자기랑 찍은 동영상을요."

"동영상이요?"

"네. 밤에 둘이 함께 있는 동영상이요."

"그거 정말 나쁜 사람이네요." P가 인상을 찌푸렸다.

"네. 정말 그렇게 저질일 줄은 몰랐어요. 그래서 돈을 좀 더 줬어요, 그런데 계속 돈을 요구해서……."

"경찰에 신고했나요?"

"아니요. 그럼 큰일 나게요? 계속 의논하다가 대표님이 결국 돈을 더 줘서 해결하려고 했어요."

"그럼 해결이?"

"그런데 그게 일이 꼬였어요. 자기는 절대로 아니라고 하는데 동영상이 인터넷에 떠버렸어요."

"뭐라고요? 인터넷에?"

"그 인간 말로는 이건 자기가 촬영한 게 아니고, 어느 호텔에서 파파라치가 몰래 촬영한 것 같다고는 한데, 그 말을 믿을 수가 있나요? 저 몰래 거래를 하려고 하던 사이트에 속은 건지, 주변 사람이 팔아먹은 건지, 아무튼 누가 봐도 제 얼굴이 딱 나와 버렸어요. 그래서 도저히 얼굴을 들고 다닐 수가 없어요."

"그랬군요."

"원장님 제발 부탁이에요. 인터넷에 이미 퍼진 얼굴을 일일이 지울 수도 없으니, 차라리……. 차라리 제 얼굴을 지워주세요.

저 정말 죽을 것 같아요."

"알겠어요. 일단 진정해요."

"원장님 최대한 빨리, 최대한 다른 얼굴로 만들어주세요."

"그럼 코에 있는 보형물, 턱 끝에 있는 보형물도 다 빼고 얼굴 윤곽도 최대한 둥글게 바꿔야 할 텐데 괜찮겠어요?"

"네. 원장님. 이젠 탤런트도 하지 않을 텐데요. 못생겨져도 상관 없어요."

"못생겨져도요?"

"네. 자유로워지고 싶어요. 이 상황에서부터" 이렇게 말하며 T 는 또다시 굵은 눈물을 흘렸다.

"수술 날짜 최대한 빨리 잡아드리라고 할게요. 진정하고 좀 기다렸다가 오늘 얼굴 디자인하고 가세요."

"네, 감사해요. 원장님. 저에겐 원장님밖에 없어요. 제 운명을 다시 바꿔주실 분은 원장님밖에 없다고요."

"무슨 말씀을. 힘내세요. 저도 신경 써드릴 테니."

"그런데 원장님. 오늘 디자인도 디자인이지만 이 코에 점이라도 좀 빼주세요. 동영상에서 이 점만 아니라도 비슷한 사람이라고 발뺌할 수 있을 텐데. 이 점 때문에 완전히……."

"알겠어요." 그는 인터폰을 들고 말했다. "여기 와서 모시고 나가서 수술 스케줄 좀 봐주세요."

직원과 함께 그녀가 나가고 나자 P는 의자에 털썩 앉았다. '못생겨져도 좋다니, 사람들이 못 알아보게만 해달라니, 이제 별 수술을 다 하게 되는구나! 그래도 어째, 한 건이라도 더 해서 직원들 봉급 주고, 이자 갚아야지.'

3-8

사무장 M에게 오늘은 첫 출근 날이었다. 병원장인 P가 부른다
니 회색 정장을 갖추어 입은 그는 화장실 거울에 다시 얼굴을 비
춰보고, 머리를 한번 쓰다듬었다. '뭐 이렇게까지 또 인사를 하라
고 하는 거야? 다 알아서 할 텐데. 정말 깐깐하게 구는군! 얼마 지
나지 않아 이래 봐야 다 소용없다는 걸 깨닫겠지? 그래도 그전까
지는 좀 맞춰줘야겠지. 직장 생활 어차피 다 연기니까……'

그는 일전에 면접을 보아서 위치를 알고 있던 P의 사무실로
갔다. 잠시 후 비서는 양복 옷깃을 추스르는 M에게 원장님께서

들어오시라고 한다고 전했다. 사무실 문을 열고 들어가는 그에게 P가 먼저 인사를 건넸다. "어서 오세요. 첫 출근을 환영합니다."

"원장님. 감사합니다."

"책상은 잘 준비되어 있던가요?"

"네. 책상도 좋고, 의자도 편하고. 모두 감사드립니다."

"총괄 사무장님께 거는 기대가 큽니다."

"열심히 해보겠습니다."

"병원 전체 관리도 신경 쓰셔야 하겠지만 당분간은 마케팅에 집중해주십시오. 제휴 협약 같은 오프라인 활동은 장기적으로 보시고, 우선은 이전 마케팅팀에서 하던 온라인 업무들을 모조리 정리해주시죠."

"네. 직접 잘 살펴보겠습니다."

"예를 들어 그동안 엉터리로 지지부진 진행되었던 온라인 홍보 활동들을 모두 삭제하라고 지시해주시죠. 블로그만 봐도 병원과 상관없는 엉뚱한 사진들이 잔뜩 올라있더군요. 병원 이미지에 오히려 마이너스입니다."

"아, 네. 공식 블로그 말씀이시군요. Y 원장님께 들었습니다. 뭐 매일 올릴 내용이 없을 때, 아이디어 없는 친구들 그런 잡다한 내용들을 올리죠. 다 정리하겠습니다."

"그러게요. 내가 그동안 자세히 살펴보지 않았더니 완전히 엉망이었습니다."

"그런 주제와 연관 없는 정보들이 오히려 노출 순위를 까먹습니다. 요즘엔 포털에서 단편적인 화젯거리로는 상위에 랭크 안 되게 내부 알고리듬을 개편했거든요."

"그랬군요. 보기에도 안 좋아요. 블로그 말고도 키워드 광고 쪽도 좀 기획안을 내보라고 하시고요. 광고비를 투자라고 생각하고 규모를 키울 생각이니까요."

"맞는 말씀입니다. 인터넷 검색 광고도 허공중에 날아가는 돈이 아니라 우리 병원이 소비자의 머릿속에 자리를 잡는 데에 다 도움이 되는 겁니다. 그럼 대략 예산은 얼마 정도로?"

"그건 대표원장 회의에서 의견을 모아보고 이야기하겠습니다. 아니, 먼저 사무장님이 파격적인 마케팅을 준비하면 거기에 맞게 시작해보죠."

"네. 연구해서 기획안을 올리겠습니다."

"그래요. 수고해주세요."

P의 방에서 나오는 M은 생각했다. '아, 저 인간 기대가 만만찮네. 무슨 아이템을 만들어 보여줘야 점수를 딸까? 처음에 뭔가 멋진 걸 하나 보여줘야 계속 우려먹으며 한 철 날 수 있는데……. 아니지 이런 규모 만나기가 쉽지 않으니, 여기서 빨대를 꽂고 한 몇 년은 계속 피를 좀 빨아야지.'

M은 며칠은 부하 직원들을 시켜 블로그 등을 정리하며 시간을 때웠다. 하지만 시간이 지나고 로비 복도 같은 데에서 자꾸 P와 마주치자 도대체 뭘 가지고 마케팅을 하자고 해야 인정도 받고 자리도 잡을 수 있을지 점점 고민되기 시작했다.

'성형외과가 다 비슷비슷한데 난데없이 새로운 키워드를 어떻게 만들어낸담?' 책상에 앉아 계속 볼펜을 돌리던 그는 한참 만에 자리에서 일어났다. '그래 병원 전체를 좀 둘러봐야겠어. 아이디어가 떠오를지도 모르지.'

그는 VIP 대기실이 있는 8층 전망 로비에서부터 주변을 둘러보며 내려왔다. 수술실이 있는 층은 건너뛰고 2층까지 먹이를 찾는 길고양이처럼 조용히 내려온 그는 상담부에 들러 상담부장 H를 만났다.

"안녕하세요? 부장님."

"안녕하세요? 사무장님." 검은 대리석으로 된 데스크에서 컴퓨터 화면을 보고 있던 H가 고개를 들며 인사했다.

"지난번에 회식 때 잠깐 밖에 못 뵈어서 오늘 인사 좀 제대로 드리려고 왔지요."

"네. 잘 오셨어요. 커피 한잔하실까요?"

"좋습니다."

"3번 상담실로 커피 좀 두 잔 부탁해요." H는 데스크에 앉아 있던 코디네이터에게 말하며 M을 유리로 둘러싸인 상담실로 안내했다. "이쪽으로 오시죠."

"내부가 아늑하네요." M은 짙은 마호가니 색의 상담용 책상과 고급스러운 갈색 가죽 의자가 세 개 놓인 내부를 둘러보았다.

"네. 유리 벽 절반 위쪽으로 필름을 입혀서 프라이버시가 유지되지요. 물론 발은 좀 보이겠지만. 사실 병원들이 환자가 많아 보이라고 일부러 이렇게 해놓죠."

"이번 주 상담 건수는 좀 늘었나요? 지난주까지 올라온 통계를 보니 이전 마케팅팀이 일을 제대로 못 한 것 같던데."

"생각보다 상담이 잘 늘지를 않아요. 우리끼리 얘기지만 규모에 비해 환자가 너무 없어요, 이제 겨울 성수기도 거의 다 끝나가는데. 제가 이전 병원에 있을 때 수술 성사율이 높을 땐 팀 전체로 72%까지 했었거든요."

"아, 그러셨군요. 요즘같이 환자들이 이 병원 저 병원 쇼핑하듯 다니는 시절에 부장님 실력 대단하시네요."

"네. 이전 병원에서 성사율 높다고 소문나서 절 이렇게 스카우트해 오신 건데, 여기선 내원 환자 수가 적으니 성사율을 아무리 높여도 매출이 얼마 안 되는 거죠. 커피 드세요." H는 코디네이터가 가져온 원두커피를 M 앞으로 밀어주며 말했다.

"아, 감사합니다. 안 그래도 이전에 하던 엉터리 마케팅을 정리하고 있습니다."

"사무장님도 스트레스 좀 받으시겠네요."

"네. 그렇죠. 부장님. 마케팅 기획 좀 해보려는데 혹시 뭐 좋은 것 없을까요?"

"글쎄요. 우리 병원의 특별한 장점이라면 대표원장님이 탤런트들 수술을 많이 하신 건데……."

"그렇죠."

"그런데 그걸 마케팅 포인트로 하기에는 좀……."

"왜요?"

"환자들이 연예인 마케팅에는 이제 식상해서 효과도 없을 것 같고, 게다가……."

"게다가요?"

"그 유명하다는 탤런트들하고 사진 한 장 제대로 찍어 놓으신 것이 없더라고요."

"네?"

"워낙 환자의 프라이버시를 중요하게 여기시니까……."

"마케팅 관점에서 보면 꽉 막힌 생각인데."

"이건 비밀인데요." H가 목소리를 낮춰서 말했다.

"비밀이요?"

"최근에 탤런트 T가 왔더라고요."

"정말요?" M이 눈을 동그랗게 뜨며 물었다. "그거 대박인데요? 정말 T가 원장님께 수술을 받은 건가요?"

"그렇더라고요. 저도 긴가민가했는데. 정말 T가 우리 병원 다닌 지 오래된 것 같더라고요. 눈도 코도, 얼굴 윤곽까지 다 원장님이 만들어주신 거고."

"이번에는 무슨 수술을 한답니까, 그렇게 이쁜 얼굴을?" M은 의자에서 몸을 앞으로 당겨 앉으며 물었다.

"그게요. 좀."

"왜요?"

"이건 우리끼리 이야긴데요. 얼굴을 못 알아보게 갈아엎고 싶어 한답니다."

"갈아엎어요? 못 알아보게요?"

"네. 전 남자 친구가 같이 찍은 은밀한 동영상을 어디에다가 팔아먹어서……."

"동영상을요?" M은 입을 쩌억 벌리며 물었다.

"모르셨군요? 우리 사무장님 정말 순수하시구나! 리벤지 포르노라고 해서 볼만한 사람은 다 봤다고 하던데."

"아, 그렇군요."

"아무튼 비밀로 해주세요. 제가 이야기했다고는 이야기하지 마시고요."

"그럼요. 얼굴을 사람들이 못 알아보도록 변장을 하겠다는 거네요. 성형수술로……." M은 고개를 천천히 끄덕이며 말했다.

"그런 셈이죠."

M은 그 밖에도 이런저런 잡담을 H와 좀 더 나누다가 일어났다.

"커피 잘 마셨습니다."

"벌써 일어나시게요?"

"네. 부장님도 바쁘실 텐데 제가 시간을 뺏으면 안 되죠."

"그럼 오늘도 수고하세요."

"수고하십시오."

유리문을 열고 나와 H와 헤어진 그는 바로 자신의 책상으로 돌아왔다. 그는 서둘러 노트북 컴퓨터를 열고는 포털사이트에 들어가 키워드 검색을 했다.

'변장 성형', 그리고 '변신 성형!'

그는 검색 결과를 보고 손가락을 튕겼다. '이거야! 바로 이거야!'

3-9

M은 대표원장들 보란 듯이 마케팅팀 사무실에 옮겨 놓은 책상에서 전화기를 붙잡고, 마케팅팀 전원이 들을 수 있는 큰 목소리로 벌써 이십 분 동안 같은 이야기를 반복하고 있었다. 그는 어떻게 해서든 포털사이트 검색 광고 담당자를 설득하려고 하는 중이었다.

"그러니까 변장이라는 키워드에 변장 성형으로 저희 병원이 노출되게만 도와주세요."

"그게 어렵다니까요. 지금 한번 해보십시오. 변장이라고 치면 콧수염, 핼러윈 마스크 같은 변장 용품들이 검색이 되는데요. 거기에 성형수술을 넣을 수가 있겠습니까?"

"왜 그게 문제가 되지요?"

"일단 상품의 카테고리가 다르잖아요. 뻔히 환자 유인 행위로 의료법 위반이 될 거고, 그래서 통과 못 시켜 준다는 거죠."

"방송통신위원회가 의료법 위반인지 아닌지를 판단하는 전권을 가진 것은 아니잖아요?"

"우리 회사 자체 광고 심의위원회에서도 변장 성형은 불가하다고 판단이 나왔다니까요."

"재심의를 요구하면 어떻게 처리되지요?"

"이렇게 문제의 소지가 많은 키워드는 재심을 청구해도 거의 안 된다고 생각하시는 편이 맞습니다. 생각해보세요. 핼러윈 변장 용품을 찾는 어린 학생들에게 성형수술을 유도하는 것이 옳은 일인지."

"저희의 타깃은 학생들이 아니라잖아요. 너무 알려진 얼굴 때문에 프라이버시가 없어져서 힘들어하는 사람들을 대상으로 하는 거라니까요." M의 목소리가 점점 더 높아졌다.

"그런 뜻은 알겠는데요. 일단 검색하면 판단력이 아직 없는 어린 학생들에게 성형수술이 노출될 가능성이 커서 안 됩니다. 아니면 법원의 판결을 받아오시던가요."

"알겠습니다. 그럼 저희도 의논을 좀 해서 다시 연락드리겠습니다." M은 전화기를 내려놓고 눌린 귀를 비비며 짜증을 내었다. "뭔 직원이 광고 팔 생각을 안 하고 무조건 안 된다고만 하는 거야?"

그 말에 주변의 직원들은 다들 그와 시선을 맞추지 않으려 고개를 숙였다.

'뭐라고 말하지? 그 순진 덩어리 잔뜩 기대하고 있을 텐데.'라고 생각하며 M은 엘리베이터를 타고 P의 방으로 올라갔다. 비서의 안내로 P의 방으로 들어간 M은 고개를 숙이면서 이야기를 시작했다.

"원장님, 그게 의료법 위반의 소지가 있어서 방송심의위원회를 통과하지 못한답니다."

"어떤 문제가 있다는 겁니까?"

"판단력이 미약한 어린 학생들이 핼러윈 변장 용품을 검색하다가 성형수술로 유도된다는 거지요."

"그래서 광고가 아예 안 된다는 겁니까?"

"네. 회사 자체 광고 심의위원회에서도 사실 불가 판정이 나왔던 걸 우겨서 진행한지라 재심도 못 한다고 합니다."

"그것참."

"죄송합니다." M은 고개를 더 숙였다.

"사무장님이 기획안을 들고 왔을 때 저는 아주 좋은 마케팅이 될 거라고 기대를 했었는데 말이죠. 변신 성형도 마찬가집니까?"

"네. 죄송합니다. 저도 시장 자체는 작아도 필요로 하는 사람들에게는 정말 꼭 필요한 수술이라고 생각을 했습니다. 수가도 아주 고가로 책정할 수 있고. 그만큼 큰 가치를 환자에게 주는 거니까요."

"그렇죠. 요즘은 온라인에서도 자기의 흔적을 지우고 싶어 하는 사람들이 그렇게 많다잖아요? 정말 제대로 다 지워지지도 않는데도 그런 기록들을 지워주는 회사가 호황이라니."

"저도 뉴스 봤습니다."

"거기에 비해 우리는 정말 완벽하게 과거를 지워줄 수 있는 것인데, 안타깝네요."

"제가 다른 우회로를 반드시 뚫어보겠습니다."

"가능할까요?"

"가능하게 만들어야죠."

"알겠어요. 그럼 노력해주세요. 성공만 하면 제가 따로 신경 써드릴게요."

"아닙니다. 원래 사무장이 해야 할 일인데……."

3-10

다음 날 아침 M은 벌써 두 잔 째 커피를 가져다 놓고 책상 앞에서 고민에 빠졌다. 남들이 생각하지 못한 기발한 아이디어를 생각해냈다고 기뻐했었는데, 모두가 보는 앞에서 호기롭게 차를 몰고 가다 재래시장의 막다른 골목에서 차를 넣지도 빼지도 못하는 상황이 되어 버린 것 같았다.

'어떻게 해서든 이 아이디어로 마케팅을 시작해야 해. 첫 번째 기획부터 망신당할 수는 없잖아. 이걸 성사시켜 초장에 강한 인상을 심어주고 그래야 대표원장의 신임을 얻어 늘 그래왔듯

또 한 몇 년 우려먹을 수 있는 건데……'

그는 커피를 한 모금 머금고 생각했다. '이거 보자 포털사이트의 입장에서는 도저히 변장이나 변신이라는 키워드에 우리 광고를 끼워 넣을 수 없다는 거잖아? 정말 다른 방법이 없을까?'

그는 의사협회 홈페이지에 들어가 의료광고심의 기준을 살펴보았다. '환자 유인 행위에 대한 건 엄격하게 제한을 하고 있구나! 그렇담 차라리 보건복지부에다가 의료법 위반인지 아닌지 유권해석을 신청해볼까? 그 결과를 가지고 포털사이트에 이야기해 보는 거야!'

그는 인터넷으로 보건복지부의 전화번호를 알아내고는 곧바로 담당 부서에 전화를 걸었다. 하지만 냉정한 목소리의 공무원은 이제까지 그런 전례를 본 적도 들은 적도 없다는 답변만 할 뿐이었다.

며칠을 고민하던 그는 다른 방향으로 생각을 돌려 보았다. 효율이 좀 떨어질 것이 뻔했지만, 그는 교묘한 아이디어를 생각해 냈다.

주식으로 치면 우회상장이었다.

"뭐라고요? 변장과 성형을 묶어서 새로운 키워드로 등록하겠다고요?"

"네. 변신 성형도 마찬가지로 하고 싶습니다. 변신에는 안 나와도 변신 성형으로 치면 검색이 되도록요."

"잠깐만요 그럼 거의 검색이 안 될 텐데요? 그래도 괜찮겠습니까?"

"상관없습니다. 오히려 저희 병원만 뜰 테니까 경쟁이 없어서 좋을 수도 있습니다."

"정말 그럴까요? 아무 효과도 없을 텐데 말이죠."

"괜찮습니다."

"알겠습니다. 뭐 일단 광고 문안까지 작성해서 보내주시면, 심의를 진행해보고 다시 결과를 알려드리겠습니다."

"네. 감사합니다. 내일까지 광고 문안을 만들어서 보내드리겠습니다."

그는 전화를 끊고 생각했다. '너네는 나름대로 규제를 하겠지만 난 나대로 대책을 만들면 되니까, 어디 한번 해보자고.'

세상에 그런 생각을 한 사람은 M이 처음이었으니 물론 처음엔 검색 수가 얼마 되지 않을 것이다. 아니 거의 검색이 되지 않을지도 몰랐다.

'그래도 일단 등재만 시키면 돼. 순진한 놈들 이건 몰랐을 거다.' 그는 혼자서 빙긋이 웃으며 책상 위에 남아 있던 커피를 들이켰다. '연관검색어가 있잖아. 아이디를 수백 개 사더라도 어떻게든 검색량을 증가시키면, 변장을 쳤을 때 변장 성형이 연관검색어로 같이 뜨게 될 거니까. 크크. 작업에 시간이 좀 걸리겠지만, 천하의 마케팅 왕이었던 내가 그 정도 못 해내겠어?'

심의가 진행되는 2주 동안 다시 기다리느라 조바심이 나겠지만 그래도 그 아이디어가 희망적이기는 했다. 그는 퇴근도 하지 않고 사무실에 남아, 누가 보더라도 혹할 정도의 문구를 만들어내려 했다. 몇 시간 동안 머리를 짜내서 만들어낸 문구는 이랬다.

"새로운 얼굴로 완벽한 프라이버시를 얻으세요. 이제까지 알려진 얼굴로 힘든 삶을 살고 계신 모든 유명인들에게 새 얼굴과 새 삶을!"

다음날 M은 P를 만나 자신이 설계한 우회로를 설명하고, 밤새 작업한 변장 성형, 변신 성형의 키워드 검색 상세 설명 문구를 보여주었다.

"그러니까, 연관검색어로 뜨게끔 해보겠다는 거군요?"

"네. 말하자면 우회 상장하는 겁니다."

"그렇게 하려면 인위적으로 작업을 해야 하는 것 아닙니까?"

"네. 아이디를 많이 구해서 연관시킬 키워드를 계속 동시에 검색하는 작업을 해야겠지요."

"그런 작업 위법 아닙니까?" P는 안경을 추슬러 올리며 물었다.

"원장님. 그런 거 따지면 아무 작업도 못 합니다."

"그러다 걸리면?"

"지금 다른 대형병원에서도 다들 그렇게 합니다. 그리고 포털에서 적발한다고 해도 정확하게 입증을 못 하기 때문에 문제 안 될 겁니다."

"후유, 알겠습니다. 어쩔 수 없겠네요." 그는 이렇게 말하고 이를 악다물었다.

"원장님 너무 걱정하지 마십쇼. 이제껏 수도 없이 그렇게 해왔습니다."

"그래요. 얼굴이 알려져 고생인 사람들을 구제하는 일이니까……."

'저렇게 마음이 약해서야 어떻게 돈을 번다는 거야? 모두 감옥의 담벼락 위를 걷는 심정으로 살아가는 건데.' P의 사무실에서 돌아 나오며 M은 이렇게 생각했다.

그리고 2주 후 포털사이트에서는 독자 키워드로 변장 성형과 변신 성형의 등재를 허락했다는 연락이 왔다.

"원장님 된답니다. 드디어 된답니다." 그는 P의 사무실로 거의 뛸 듯이 들어오며 말했다.

"그래요? 그거 다행이네요." P가 고개를 끄덕이며 말했다.

"한번 강하게 밀어주십시오."

"알겠어요. 그럼 오늘부터 예산을 쓰면 되는 겁니까?"

"네. 광고주 아이디로 들어가 보시면 이미 떠 있습니다."

"그래요? 그럼 바로 시작합시다."

"네. 알겠습니다."

M은 그날로 변장 성형, 변신 성형의 키워드 검색 광고를 시작했다. 그리고 그는 두 개의 신조어를 변장과 변신의 연관검색어로 만들기 위한 비밀스런 작업도 동시에 시작하였다. 물론 쉽지는 않을 것이다. 인내심이 무지하게 필요한 작업이지만 그래도 M이 간절히 바라던 마케팅이 그렇게 시작되었다.

제 4 부

돌발

4-1

P의 기대와는 달리 봄이 다 지나가도록 작업의 효과는 보이지 않았다. 사무실에 앉아 인터넷을 통해 들어오는 환자 수의 통계를 들여다보던 P는 도대체 변장 성형, 변신 성형이라는 키워드를 누르는 사람이 없어도 이렇게 없을 수가 있을까 하고 생각했다. 연관검색어로 떠 있는 이 두 키워드를 호기심에, 아니 마우스를 옮기다 실수로라도 누르는 사람이 몇 명은 있을 텐데…….

M에게 속은 걸까? P는 이젠 그가 말하는 연관검색어 작업이 불법이냐 아니냐는 둘째로 치고, 과연 효과가 있을까가 의심되기

시작했다.

봄이야 매년 환자가 줄어드는 비수기였지만, 지난겨울 이미 매출에서 죽을 쒔기에 어떻게 해서라도 적자를 줄여야 할 판이었는데, 이 사기꾼 같은 사무장 말만 믿고 하염없이 기다리다가는 3개 층이 아니라 모든 층을 임대로 내주어야 할 판이었다.

'어떻게 한다? 일단 사무장을 불러 야단을 한번 치고 내보낼 명분을 쌓아야 하나?' P는 한 손으로 이마를 문지르며, 이전의 마케팅팀이 자진 퇴사를 절대 안 하겠다고, 이건 부당해고라고 버티며 그를 괴롭혔던 때를 떠올렸다. '그때처럼 새 직장을 알아보며 쓰라고 한 달 치 봉급을 더 얹어 주고 좋게좋게 내보내? 내보낸 다음에는 또 어떻게 하지? 비싸도 마케팅 회사에 모두 외주를 줘버려? 아, 제일 바보 같은 짓이 뭉칫돈을 주며 마케팅을 맡기는 거라고 했는데……'

같은 시각 병원 2층, 상담부장 H는 데스크에 앉아 오늘도 몇 명 되지도 않는 상담 스케줄을 보며 한숨을 내쉬었다. '도대체 무슨 그런 말도 안 되는 마케팅이 다 있대? 변장 성형, 변신 성형이라니, 무슨 애들 장난도 아니고. 사무장이 꽤 경력이 있다더니 별수 없군. 이런 식으로 환자가 계속 늘지 않으면 원장도 버틸 재간이 없을 것 같은데.'

"부장님 이것 좀 드세요." 상담실장 C가 레모네이드를 건네며 말했다.

"고마워, 이건 어디서?"

"따로 상담 기법도 가르쳐주시고 해서⋯⋯."

"내가 혼낸 거밖에 더 있니? 이런 거 안 가져와도 돼. 너 보면 나 어릴 때 생각이 나서 그러는 거야."

"앞으로 더 잘하겠습니다. 그럼."

"상담이 잡히면 상담실 문 살짝 열고 요령을 좀 들을 수 있게 해줄게, 가서 상담자 교육 교재나 좀 보고 있어."

"네."

H는 빨대로 레모네이드를 한 모금 마시며 돌아가는 C의 뒷모습을 보며 생각했다. '도대체 환자가 들어와야 저런 아이들에게 상담을 가르치지. 교재만 들여다보고 있다고 기술이 느는 것도 아니고.'

'가만 보자, 이런 식으로 계속되다가는 매출 인센티브는커녕 괜히 불똥이 나에게 튀는 거 아닐까? 상황을 좀 보다가 대표원장에게 눈치가 보이면 내가 먼저 퇴사하겠다고 해야겠어. 안 그럼 괜히 실적이 없어서 잘렸다는 소문이나 날 수도 있을 테니.'

H가 병원을 나가느냐 마느냐 하는 고민으로 거의 한 주를 다 보낼 무렵, 이상한 일이 일어났다. 봄 비수기의 절정인 시기였는데

묘하게 인터넷으로 들어오는 상담환자 수가 늘어난 것이다.

'학생들의 여름방학이 시작되었나? 아닌데 아직 그럴 시기는?' 실제로 상담을 신청한 환자들은 학생들 또래가 아니었다.

병원 1층 로비에는 환자들 사이에 화려한 의상을 입은 사람들이 눈에 띄게 늘었다. 아주 짙은 선글라스를 쓰거나 챙이 넓은 모자를 쓰고 나타난 그 새로운 환자들을 상담실로 안내해 들어간 상담실장들은 깜짝 놀라곤 했는데, 그건 그들이 누구나 아는 유명한 가수나 탤런트들이었기 때문이다. 물론 전성기를 지나 오랜만에 보는 얼굴들, 어디서 본 듯한데 본인들이 이야기하기 전에는 어느 프로그램, 어느 영화에서 봤는지 기억 안 나는 사람들도 있었지만……

"뭐라고? 오늘만 연예인이 5명이었다고?"

"네. 그렇다니까요." P의 방으로 들어온 H가 말했다.

"기존 환자 소개는 아니고?"

"네. 유입 경로를 물어보니 다 인터넷이었어요."

"그래? 알겠어요. 앞으로도 당분간 계속 카운트해서 보고해주세요."

"네. 원장님!" H가 높은 목소리로 대답을 했다.

H가 방을 나가고 나서 P는 생각했다. '거참 신기한 일이군. 어째

이런 날도 있구나. 드디어 M의 연관검색어 작업이 효과를 보기 시작한 건가?'

P는 인터폰으로 M을 불렀다.

잠시 뒤 M은 서류 뭉치를 들고 P의 사무실로 올라왔다.

"원장님. 안 그래도 보고서를 만들어서 보여드리려고 하고 있었습니다."

"기다린 보람이 있는 건가요?"

"그럼요. 원장님. 인내심만 있으면 된다지 않았습니까?"

"정말 통했군요."

"믿고 기다려주셔서 고맙습니다."

"고맙긴요. 믿고 기다리기로 했으면, 당연히 기다려봐야죠."

"이제 환자 유입 경로는 뚫었으니까, 상담사들 교육에 신경을 써야 하겠습니다."

"그건 걱정하지 말아요. 내가 직접 챙겨 볼 테니."

"네. 그럼."

"보고서는 대강 정리해서 올리세요. 눈으로 효과를 보고 있으니까."

"아닙니다. 수치로 비교해서 올리겠습니다." M은 P에게 절도 있게 고개를 한 번 숙이고는 어깨를 쫙 펴고 걸어 나갔다.

그 뒷모습을 보며 P는 생각했다. '그것참 대단하군. 결국, 환자들은 이런 기술에 의해 몰려다닌 것이군? IT를 모르는 우리는 이들의 장난에 놀아날 수밖에 없고. 세상 참……'

그의 병원에는 더 예뻐지기 위해, 혹은 더 유명해지기 위해서가 아니라 이미 유명해진 얼굴에서 벗어나기 위해 날마다 더 많은 연예인들이 방문했다. 성공과 바꿔버린 자유와 프라이버시를 되찾기 위해 그들은 돈을 아끼지 않았다.

그런데 재미있는 것은 검은 선글라스를 낀 이들이 외래에서 보이자 묘하게도 일반 환자들의 상담 성사율이 무섭게 치솟았다는 사실이었다.

'일반 환자들이야 연예인들이 왜 수술하러 오는지 그 사연들을 알겠어? 이렇게 되면 이제 VIP 대기실은 당연히 폐쇄해야겠지? 아! 병원이 계속 오늘 같기만 해라!' 컴퓨터 화면으로 늘어나는 수술 스케줄을 보며 P는 미소 지으며 혼자 생각했다. '이럴 줄 알았으면 3, 4, 5층을 피부과, 안과, 치과 주지 말고 우리가 다 할걸……'

4-2

50대 중반의 유명한 오락 프로그램 진행자는 상담실로 들어온 다음에도 페도라 모자는 벗었지만, 검은 뿔테 선글라스는 계속 낀 채 앉아 말문을 열었다.

"아시죠? 제가 누군지."

"아, 네. 그럼요. 하지만 저희는 환자분의 프라이버시를 철저히……." H가 말했다.

"당연히 그러셔야죠."

"네. 저희 P 병원은 변장 성형, 변신 성형을 주 업무로 하고 있기 때문에 그 점에 대해서는 아주 철저합니다."

"그렇군요. 좋습니다. 아시겠지만 제가 워낙 큰일을 겪어서……."

"이해합니다."

"저 사실 알려진 것처럼 그렇게 나쁜 사람은 아닙니다. 새로 들어온 그 여자 보조 작가가 너무 까부는 바람에……. 화가 나서 오디오가 켜진 줄 모르고 순간적으로 말실수를 한 거죠. 보통 때에도 그런 성적 비하를 할 그런 사람 아닙니다. 걔가 워낙 까불어야 말이죠."

"그러셨군요."

"그 일 때문에 전국적으로 비난을 받고, 모든 프로그램에서 하차한 지 벌써 몇 달이 지났습니다. 그런데도 더러워진 이름은 지워지지 않아요. 어디 가서 도박 좀 한 것 같으면 모를까, 자숙하고 기다린다고 기회가 올 사안도 아니고. 이제 더는 이 얼굴로 살 수 없어요. 저에게 제발 새 얼굴을 주세요."

"사실 기존의 얼굴이 워낙 호감형이어서……. 어떤 식으로 변화시켜도 이전만은 못할……."

"괜찮습니다. 얼굴을 고쳐주세요. 대신 여기서 고쳤다는 말이 절대 나오지 않게 말이죠. 아니면 이 고생이 소용없는 일이 돼 버릴 테니까."

"네. 비밀은 지켜드리고, 최대한 나쁘지 않은 이미지로 권유해 드릴게요."

"아뇨. 그게 아니고요. 지금 얼굴을 도저히 떠올리지 못하게 해 줘야 해요."

"네?"

"완전히 못 알아보게요. 지금 얼굴하고 반대 얼굴이요." 그는 쓰고 있던 선글라스를 확 벗으며 말했다.

"알겠습니다. 그럼 윗잇몸 뼈에 인공 뼈를 넣고 고정해서 약간 돌출 입으로 만들고, 눈썹 뼈도 도드라져 나오도록 인공 뼈를 넣 는 방법을 권해드리겠습니다." H는 얼굴 모양이 그려진 상담용지 에 붉은색 펜으로 해당 부분에 동그라미를 그리며 설명을 했다.

"어떤 식이든 완전 새로운 얼굴로 저를 변신시켜주세요. 부탁 합니다." 그는 고개까지 살짝 숙였다.

실언을 하기 전까지만 해도 그에게 있어 얼굴은 대중에게 알려 진 그의 인격 그 자체였다. 이제 얼굴 수술을 받고 나면 매끈하고 잘생긴 이전의 얼굴을 찾아보기 어려울 것이다. 그리고 여유 있고 관대했던, 멋진 그 캐릭터도 영원히.

하지만 다른 방법은 없었다. 사람들은 한 사람의 영혼이 바로 그의 얼굴에 들어있는 것처럼 얼굴을 보고 반응하니까. 그래서 더럽혀진 인격을 회복시키기 위해 어쩔 수 없이 희생시켜야 할 것도 바로 그 얼굴이었다.

　30대의 남자는 짙은 갈색 선글라스에 약국에서 파는 하얀 마스크까지 쓰고 상담실로 들어섰다.

　"안녕하세요? 실례지만 차트에 성함도 안 쓰셨네요?" 함께 들어온 C는 플라스틱 클립보드에 고정된 기본 설문지를 보며 말했다.

　"프라이버시가 있어서."

　"그럼. 가명으로 적어드리지요. 연예인은 아니신가요?"

　"네. 아닙니다." 환자는 고개를 세게 흔들며 대답했다.

　"그럼 혹시 하시는 일은?"

　"나라를 위해 일하고 있습니다."

　"나라를 위해서요?"

　"……."

　"구체적으로 좀 여쭤봐도 될까요?" C는 남자의 대답을 여유 있게 받아내지 못하고 눈을 동그랗게 뜨고는 되물었다.

　"국가정보원에서 일한다고요."

　"아, 그러셨군요." 머리를 긁적이며 C가 대답했다.

　C가 볼펜을 들고 적으려 하자 남자는 손을 뻗으며 말했다. "절대로 국정원이라고 기재하시면 안 됩니다. 주식회사 OO으로만

써주세요.”

“아, 네. 그런데 왜 변장 성형을?”

“그게 말이죠. 저는 실제로 공작을 해서 국가 간 비밀 거래를 진행시키는 실무를 하고 있습니다. 이번에 적국과의 비공개 거래를 이뤄내서 극적으로 협상을 성공시켰습니다.”

“그런데요?”

“실수를 했죠.”

“어떤?”

“협상장에 바로 이 선글라스를 끼고 나왔었는데……”

“그런데요?”

“그런데 그게, 흥분한 나머지 나도 모르게 순간적으로 선글라스를 벗어버린 거죠. 얼굴은 다 노출되어버리고.”

“그러셨군요.”

“생각해보면 그 사고는 큰 공로를 세운 것을 인정받고 싶은 숨겨진 욕심 때문일 수도 있었겠죠. 어떻든 TV를 통해 적국은 물론 온 세계에 얼굴이 다 알려져 버려서, 이제 이 상태로는 공작원 활동을 할 수 없게 됐습니다.”

“큰일이네요.” C는 고개를 끄덕이며 말했다.

“징계를 받고 한가한 자리로 밀려나 있는데, 인터넷으로 변장을 검색하다가 변장 성형을 알게 되었습니다. 내부 활동은 제

체질이 아니거든요. 어떻든 외부로 공작을 하러 나가려면 새 얼굴이 꼭 필요합니다."

"어떤 이미지를 원하세요?"

"무조건하고 지금 얼굴과는 다르게 해주십시오."

"그럼 쌍꺼풀 수술과 매부리를 깎아내리는 축비수술을 권해드릴게요."

"그리고 꼭 필요한 것이 있는데요."

"무슨?"

"수술 전, 수술 중, 수술 후 사진을 찍어서 얼굴 변화를 입증할 자료를 꼭 만들어주셔야 합니다. 직장에도 내야 하고 여권을 만들 때 얼굴의 변화를 입증하는 데에도 필요합니다."

"아, 그렇겠네요." C가 말했다. 물론 그 사진은 시골에서 혼자 사는 노모가 그의 아들을 알아보게 하기 위해서도 필요할 것이다.

4-3

날씨가 더워지는 것과 함께, 병원의 분위기도 후끈 달아올랐다. P는 매일 저녁 올라오는 일일 결산을 보고 만족감에 젖어 들었다. 오늘도 금요일이라 대표원장 회의를 위해 P의 사무실에 세 명이 모두 모였지만, CCTV를 통해 보이는 대부분의 방에서 아직도 상담과 수술이 진행되고 있었다.

"형! 변장 성형, 변신 성형 정말 대박 났어요. 어떻게 이런 아이디어를 생각해내셨어요?" J가 천장에 닿을 듯한 목소리로 말했다.

"글쎄, 나도 반응이 이 정도일 줄은 몰랐네."

"이런 키워드를 발견하신 건 정말 잘하신 것 같아요." Y가 말했다.

"그럼요. 아무도 생각하지 못한 틈새시장을 최초로 만들어 낸 거니까요." J가 말했다.

"다행이야." P가 고개를 천천히 한 번 끄덕였다.

"대중매체에 나오는 유명인들이 심리적으로 얼마나 큰 위험에 처해 있는지 모두가 몰랐던 거죠." J도 들고 있던 컵을 내려놓으며 말했다.

"그런 불안과 우울증이 정신과에 간다고 해결되겠어? 어디서도 해결 못 하는 유명인들의 프라이버시 문제를 우리가 수술로 한 번에 해결해 주니까, 정말 좋은 일 하는 거지." P가 말했다.

"게다가 일반 성형수술에 비해 어마어마한 수가를 받을 수 있으니까 대단한 비즈니스가 되는 거고요." Y가 말했다.

"상담실장들 말로 변신 성형, 변장 성형은 아무도 수술비를 깎으려고 하지 않는답니다." J가 덧붙였다.

"상담실장들 편하게 됐군." P가 말했다.

"우스운 건 선글라스 낀 훤칠한 사람들이 대기실에 앉아 있으니까 일반 환자들도 병원에 더 신뢰감을 갖는다는 거예요." Y가 말했다.

"그것참 재미있네. 아직 경쟁업체들은 안 나타났나?" P가 물었다.

"네. 키워드 광고에 따라나서는 병원은 아직 없습니다." J가 말했다.

"그래도 늘 긴장하고 있자고. 일단 따라 하는 병원이 하나둘 생기면, 너도나도 다 따라 하게 될 거야."

"그렇겠죠? 더욱이 이렇게 매출이 높은 줄 알면?" Y가 말했다.

"그런 일이 생기기 전에 마케팅팀에 지시해서 블로그라든지, 아니면 다른 매체를 통해서 시장에 우리가 원조임을 인식시킬 방법들을 찾아보라고 하고." P가 말했다.

"네. 포지셔닝을 제대로 해보라고 안 그래도 지시해놨습니다." Y가 대답했다.

"막연히 하지 말고 구체적인 안을 만들어 보고하라고 해줘." P가 자신의 수첩에 메모하며 말했다.

"네. 알겠습니다." Y도 메모하며 대답했다. "그리고 형 이번 기회에 병원 브랜드 이미지 광고를 대대적으로 시작하면 어떨까 하는데요."

"그래?"

"보통 대형병원들 운영이 정상 궤도에 오르기 시작하면 브랜드 이미지 광고를 시작하죠. 모델을 선정해서."

"모델료 비싸지 않아?"

"그래도 인지도 있는 모델을 써야 병원의 브랜드 파워도 높아져요."

"음, 아니면 의사들이 모델을 하면 어때?"

"우리가요?" J가 물었다.

"그게 환자들에게 신뢰감을 더 줄 수도 있을 것 같은데?"

"하긴 형 얼굴이 잘생기셨으니까 모델이라고 생각할 수도 있겠네요." J가 웃으며 말했다.

"아니, 그게 아니라 대표원장들이랑 페이닥터들까지 광고에 다같이 나오면 규모가 커 보이고 좋겠다는 생각이지."

"그것도 괜찮겠네요. 지금까지 이렇게 의사가 많은 병원이 없었으니까."

"그래, 그럼 그것도 Y가 추진해봐."

"네. 알겠습니다."

회의를 마치고 옷을 갈아입은 P는 수술장 입구에서 유리창을 통해 한창 수술들이 진행되고 있는 것을 본 뒤, 상담실이 있는 2층으로 내려갔다.

'이제 좀 병원이 병원 같군. 상담실이 이 정도로는 돌아가야지.' 상담실이 죽 연결된 복도를 지날 무렵, 늦은 시간이었는데도 유리문 너머 상담실 안에서는 각양각색의 사연들이 펼쳐지고 있었다.

"모두가 제 얼굴은 다 아는데, 사실 코미디언으로는 성공하지 못했어요. 히트작이 없었죠."

"왜요? 유행어 한두 개는 만드셨던 것 같은데요?"

"흐흐, 그런데 그게 뭐였는지는 잘 기억 안 나시죠?"

"……." 상담실장은 답을 못했다.

"바로 그거죠, 제 입장이. 같이 들어간 동기들 덕분에 오랫동안 묻어갔던 것 같아요. 아무튼, 더는 방송 섭외도 들어오지 않는데, 이 얼굴로는 다른 사업도 할 수가 없더라고요."

"왜요?"

"다들 진지하게 봐주질 않는 거죠. 그냥 코미디처럼 생각하거나, 아니면 제가 하려는 사업도 그동안 했던 제 코미디처럼 될 거라고 넘겨짚는 거예요."

"그럴 수도 있겠네요. 그럼 원하는 이미지는?"

"성공한 사업가, 진지한."

"알겠습니다. 그럼 일단 이마가 뒤로 누워 있으니까 이마를 전진시키는 지방 이식을 하시고요."

"지방을 넣어요?"

"네. 자기 허벅지에서 추출하죠. 그리고 눈썹이 흐리니까 왠지 인상도 흐릿해 보이네요. 눈썹 이식을 권해드릴게요. 심하게 튀어나온 광대뼈는 앞볼에 지방 이식을 해서 부드럽게 커버하겠습니다. 무턱에도 역시 지방 이식으로 유약해 보이는 인상을 좀 더 자신감 있고 강하게 보이도록 하면 좋을 것 같습니다."

옆방은 좀 시끄러웠다. 여배우가 울고 상담실장은 티슈를 가져와 권하고 있었다.

"공황장애래요. 근데 약을 먹어도 소용이 없었어요. 도대체 사람들이 다 알아봐서 어디도 나갈 수가 없어요. 식당도 백화점도 갈 수가 없어요."

"선글라스나, 모자를 써보지 그러셨어요."

"모르는 소리 마세요. 선글라스 끼고 드라마에서 연기를 다 해서 선글라스 낀 제 얼굴까지도 다 알아봐요. 게다가 키가, 키가 커서. 키를 숨길 순 없잖아요. 이 키에 선글라스, 모자를 쓰고 다니면 그냥 지나갈 사람들도 고개 돌려 쳐다본다니까요."

"그렇군요." 실장은 고개를 끄덕여주었다.

"이젠 밴에서 내려 잠깐 길에 서 있어도 누가 날 알아보지 않을까 맘이 조마조마하고 불안해요. 숨이 막힐 것 같고. 실제로 사진 찍자면서 그냥 내 팔을 잡고 안 놔주는 사람들도 있다니까요.

날 언제 봤다고."

"그건 너무 했네요. 신체적인 접촉까지."

"셀카 같이 안 찍어줘 봐요. 인터넷에 내 행동을 평가하고, 욕하고, 공격하겠죠. 그러니 그 비위를 다 맞춰야 해요. 매번."

"그런 점이 있군요. 요즘 SNS 때문에 더하죠."

"아니 안 해주면 요샌 그 자리에서 바로 날 욕하고 공격할 것만 같아요. 아, 정말 그래서 공황장애가 생겼나 봐요."

"심각하군요."

"마트에 가서 장을 보면 내가 마스크를 쓰고 있어도 얼굴을 다 알아봐요. 그러곤 사람들은 힐끔힐끔 내 장바구니 속까지 다 들여다보죠. 기껏해야 일회용 즉석 밥과 전자레인지에 돌려먹을 레토르트 반찬밖에 없는 내 장바구니를요. 이 나이에 결혼도 못 하고 그따위 걸 밤마다 혼자 주워 먹고 있다는 사실을 모두가 다 알게 되는 거죠. 전 제 생활이 없어요. 결국, 이 얼굴에서 벗어나지 않고는 이 감옥에서 벗어날 길이 없어요. 만약 유명해지기 전으로 돌아갈 수만 있다면 어떤 일이라도 하겠어요."

4-4

P는 얼굴 전체를 수술하는 변장 성형까지 포함해서 8개의 수술을 마치고 퇴근했다. 목과 어깨가 아팠지만, 어찌 보면 행복한 통증이었다. '슬슬 페이닥터들에게 일을 나눠주고, 경영에만 신경 쓰면 목 디스크도 나아지겠지.'

집으로 돌아온 P는 저녁을 준비하는 W에게 말했다. "저녁은 나가서 먹을까?"

"무슨 말씀을요. 당신 좋아하는 꽃게 찌개를 준비하고 있는데."

"그래? 그럼 오랜만에 꽃게 찌개나 먹어볼까?"

"뭐 좋은 일 있어요, 당신?" W는 미소를 지으며 묻는다.

"어? 아니. 그냥 오랜만에 좋은 레스토랑에 가서 저녁 사주려고 그랬지."

"병원 분위기 좋다는 거, 사실 저도 다 전해 들었어요."

"누구한테?"

"그건 비밀이에요."

"모두 정보원을 갖고 있군."

"여보. 그럼, 우리 애들 학교 근처에 좀 더 넓은 평수로 이사 갈 수 있는 거예요?" 대뜸 W가 물었다.

"일단은 좀 더 지켜보고."

"그럼 안 돼요?"

"안 된다는 건 아니고. 지금까지도 잘 기다려줬잖아? 조금만 더 매출 경과를 보자고."

"애들이 크니까 방도 부족한 데다가, 무엇보다도 학원까지 거리가 너무 멀어요. 저 온종일 애들 실어다 나르다가 길바닥에서 지쳐 쓰러지겠어요." W는 사그라지는 목소리로 말했다.

"알고 있어. 당신 고생하는 거. 이런 추세가 계속되기만 하면 곧 가능할 거야."

"3달? 4달? 6개월?"

"알겠어. 알겠다고. 반기 결산만 내보고 나서 최우선으로 생각할게." P는 웃으며 말했다.

"알겠어요."

잠시 후 W는 주방으로 들어가서 찌개를 내어 오며 말했다. "여기 받침대 좀 놔줘요."

"음. 제대로인데?" 국물을 한술 뜨고 P가 말했다.

"어서 많이 드세요."

"애들은?"

"애들은 아까 간단히 먹였어요."

"그런데 변신 성형을 하겠다는 사람들이 그렇게 많아요?" W는 P가 앉은 맞은편 의자를 빼고 앉으며 물었다.

"그러게 나도 깜짝 놀랐어. 오늘 수술한 사람 중에 어떤 사람이 있었는지 알아?"

"어떤 사람?"

"왜 유치원에서 아동 학대하다가 걸린 사람들 있잖아?"

"그런 뉴스 자주 나왔죠."

"그 사람도 그런 케이스더라고. 물론 애들을 때리고 학대한 건 잘못이지, 그런데 이게 얼굴이 한번 알려지면 취업이 안 되나 봐 다시는."

"그래요?"

"학부모들 사이에 블랙리스트로 사진이 돌아서 도저히 직장을 구할 수가 없게 된 거야."

"아, 그렇구나."

"이 사람도 너무 불쌍하더라고. 들어보니 유치원 원장한테 크게 혼나고 나와서 홧김에 한번 애를 밀친 건데, 그게 CCTV에 찍혔던 거지. 면접을 아무리 봐도 어디서도 받아주질 않아서 평생 실업자가 되었다며 울면서 얼굴을 바꿔 달라고 하더라고."

"그렇구나. 변신 성형에 그런 수요가 있겠네요."

"그래 어쩌면 IT가 발달해서 생긴 부작용 때문인지도 몰라."

"어서 드세요."

식사를 마치고 거실에서 TV를 켰다. 무선 헤드폰을 산 덕분에 이제 아이들을 신경 쓸 필요 없이 뉴스를 들을 수 있었다.

"오늘 저녁 인기 아이돌 그룹 멤버인 I 군이 자신의 집에서 숨진 채 발견되었습니다. 사망한 가수 I 군은 그동안 그를 사랑했던 팬들에게 큰 충격을 안겨주고 있습니다. 그룹 내에서도 가장 활달한 성격으로 항상 밝은 모습을 보여주었기에 그 충격은 더 크다고 할 수 있습니다."

P는 리모컨으로 볼륨을 좀 더 높였다. 화면에는 해외 투어 콘서트 화면이 계속 지나갔다.

"팬들이 대부분 10대와 20대의 청소년들이기에 이들에게 소위 '베르테르 효과'라고 하는 충동적인 모방 자살이 유행하지 않을까 우려되고 있습니다."

P는 휴대전화를 들어 I를 검색해보았다. 밝게 웃고 있는 프로필 사진이 떴다. 그는 상세 프로필을 눌렀다.

'24살이라. 이렇게 어린 친구였군! 얼마나 힘들었으면 이런 선택을 했을까?'

I가 남겼다는 유서도 인터넷에 떠 있었다.

"그땐 그렇게 데뷔를 하고 싶었었는데. 연습생 시절 내내 사람들에게 내 노래를 들려주고 싶었는데. 사람들에게 얼굴이 알려지는 것이 이런 일인 줄은 몰랐어. 매 순간 사람들의 평가에 목을 매달아야 하고. 내가 쓴 곡이 정말 좋은 걸까? 아니야 아무 알맹이도 없는 걸 회사가 화려하게 포장해준 덕분일 거야. 이러다가 그냥 다음 순간 폭삭 주저앉을지도 몰라. 아, 이제 매 순간 자신 있는 척, 밝은 척하기는 너무 힘들어."

P는 헤드폰을 벗고 전화기도 내려놓으며 생각했다. 연예인들은 참 힘들겠구나! 저래서 경극 배우, 가부키 배우가 그렇게 짙은 화장을 하고, 가면극에서는 아예 가면을 쓰고 연기를 하는 걸까? 관객들을 연극에 잘 몰입시키기 위해서가 아니고 스스로를 보호하기 위해서? 불안한 속마음을 감추기 위해서? 억지로 웃음을 짓다가 경련이 난 입 모양을 들키지 않기 위해서?

4-5

상담부장 H는 상담실에 앉아 C가 들어오기를 기다렸다. 밀려드는 환자들 때문에 안 그래도 퇴근이 늦어져 짜증이 나고 있었는데, 본인도 아닌 다른 직원을 통해 C가 면담을 요청했다는 이야기를 전해 듣고 기분이 언짢았다.

H가 그렇게 한참을 기다린 후에, 머리카락에는 물을 묻히고 눈알은 빨개진 채 C가 들어왔다.

"어쩐 일이야? 울었어?"

"죄송해요. 부장님."

"뭔데? 무슨 일이야?"

"그때 말씀드렸던, 그 환자가……."

"그 환자? 안검하수 있다던 그 환자?"

"네."

"그래 뭐래?"

"인터넷 성형카페에다가 제가 엉터리로 상담한 것 다 올려버리겠대요."

"뭐라고?"

"의사도 간호사도 아니면서 무슨 자격으로 수술을 권했냐고 따지면서……."

"정말이야?"

"아직 올린 건 아니지?"

"네. 그런데, 자기 눈 해결 안 되면 올리겠대요. 제 실명도."

"잘 달랬어야지. 도대체 일이 이 지경이 되도록 뭐 했어?"

"잘하려고 했어요. 제 개인 휴대전화 번호까지 드리고, 질문도 받아주고요."

"개인 휴대전화를?"

"네, 그런데 이젠 휴대전화로 막말을 하고, 계속 협박 문자를 해요."

"그러게 왜 개인 휴대전화 번호를 줘?"

"안심시키려고 그랬죠."

"주치의는 뭐래?"

"주치의 선생님은 그때 안검하수는 건드리지 말라고 하지 않았냐면서 저에게 화를 내세요."

"그때 정말 하지 말라고 했어?"

"네. 그래도 환자도 저도 하도 해달라고 하니까 절개를 하긴 했죠."

"진단은 어떻게 한 건데?"

"부장님도 너무 바쁘신 거 같아서, 제가 인터넷 지식 검색에서 보고 진단을 했죠. 그런데 환자도 제 설명에 맞장구를 치더라고요. 그래서 수술을 바로 잡은 거죠."

"맞장구? 그럼 혹시 같은 걸 인터넷에서 본 거 아냐?"

"그랬나 봐요. 환자가 제 설명을 듣고 바로 결정을 하더라고요."

"주치의는 하지 말라고 했고?"

"네."

"그럼 주치의에게는 환자가 뭐라고 하지 못하겠구나?"

"그렇죠."

"오늘은 퇴근해. 그리고 환자가 뭘 원하는지 알아봐."

"네. 알겠습니다."

머리를 추스르며 C가 상담실을 나가자 H는 한숨을 쉬며 목을 좌우로 꺾었다. '저런 바보 같은 것이 있나? 문제가 될 환자를 왜 여태껏 지가 붙잡고 있었던 거야? 그러나저러나 대표원장에게는 뭐라고 보고를 하지? 계속 덮어둘 수도 없고, 큰일이네.' 그녀는 계속 켜져 있던 상담용 노트북 컴퓨터의 전원을 끄며 자리에서 일어났다.

4-6

스튜디오 사진을 찍기로 한 아침, P는 욕실에서 따뜻한 온수로 정성스럽게 세안을 했다. 요즘 따라 더 환한 얼굴에 혈색까지 좋아진 느낌이었다. 더운물에 부드럽게 불린 턱수염에 박하 향이 나는 고급 면도 거품을 바르고, 그는 새로 꺼낸 면도기의 뚜껑을 벗겼다.

환자들 말로 마치 석고 모델 같다는 바로 그 얼굴, 턱선을 따라 그는 조심스럽게 면도를 했다. 하지만 왼쪽 턱뼈가 돌출된 바로 아랫부분을 지날 때 면도날은 그의 피부를 살짝 베고 말았다.

날카로운 통증은 있었으나, 바로 피가 비치지는 않아 괜찮을 것도 같았다. 하지만 비누 거품을 물로 헹궈낼 때쯤, 턱에서는 붉은 핏방울이 올라왔다. 하얀 수건으로 잠시 압박을 하자 피는 멎었다. 그러나 그의 턱선에는 일자로 얇은 상처가 남았다.

사진을 찍기 위해 내비게이션을 찍고 찾아간 스튜디오는 부촌으로 유명한 동네의 안쪽에 있었다. 그는 건물 앞 주차장에 차를 대려고 했지만, 자리가 없었다.

"유명한 스튜디오긴 한 모양이네. 아침 10시인데 이 시간에 차를 댈 곳이 없다니."

잠시 어정쩡하게 기다리자 건물 현관에서 직원들이 서너 명 몰려나왔다. "안녕하세요? 촬영 오셨지요? 차를 인근 주차장에 대드리겠습니다. 열쇠는 그냥 두시고 안쪽으로 들어가세요." 그중 한 명이 말했다.

"네. 감사합니다. 아, 잠깐만요. 옷을 좀 내려야 해서." 그는 차 뒷자리 문을 열고 챙겨온 의사 가운과 수술복, 수술 모자와 마스크를 집어 들었다.

"이쪽으로 들어가시지요. 제가 들어드리겠습니다." 또 다른 한 명이 말했다.

그는 4층 건물 전체가 촬영실인 스튜디오의 규모에 또 한 번 놀랐다. 3층으로 안내받은 그는 담당 촬영 작가와 인사를 나누었다.

"안녕하세요? P 원장님. 우선 메이크업을 좀 받으시죠." 작가는 손으로 마치 미용실 의자같이 생긴 자리로 그를 안내했다. 기다리던 화장사는 붓 같은 도구를 들고 인사했다.

"화장도 하나요?"

"직원분께서 예약하시기를 전국에 나갈 신문, 잡지 광고에 실릴 사진이라고 하시던데요?" 분장사가 물었다.

"네. 맞아요. 인터넷광고와 대로변 옥외 광고탑에도 쓰려고 합니다."

"그럼 당연히 포토샵으로 후보정을 하는 것보다는 메이크업으로 미리 점도 좀 지우시고, 피부색과 입술, 눈썹을 밝고 또렷하게 하는 편이 좋습니다. 최종 결과물이 훨씬 더 선명하죠." 촬영 작가가 말했다.

"그렇군요."

"나머지 의사 선생님들이 뒤쪽으로 쭉 서시고, 원장님이 중앙에 크게 나오는 콘셉트라고 하시던데요?"

"네. 맞습니다. 나머지 원장들은 스케줄 맞춰서 한 번에 올 겁니다."

"그럼 더더군다나 원장님 얼굴이 크게 나올 테니 디테일이 섬세해야죠."

"아, 네. 그리고 여기 상처는 좀 조심해주세요."

"아니, 이 고운 얼굴에 웬 상처가?" 화장사가 물었다.

"오전에 면도하다가 베었습니다."

"네. 여기는 조심해서 메이크업해드릴게요."

그는 이전에 병원에서 일하는 현장 사진이나 찍고 하던 때에는 받아보지도 못한 촬영용 분장을 받았다. 그들은 P의 머리 모양까지 드라이어로 매만진 후에 사진 촬영을 시작하였다.

양복 입은 사진, 수술복 입은 사진, 수술복 위에 의사 가운 입은 사진까지 찍고 나자 시간은 이미 2시간 반이나 지나 있었다. 그가 작가의 의도대로 자연스럽게 잘 웃지 못해 시간은 예정보다 훨씬 더 지난 것이다.

'병원 늦겠는데?' P가 시계를 보며 생각했다. 점심도 먹지 못하고 차를 찾아 병원으로 출발하려는 그때 휴대전화 벨이 울렸다.

"여보세요?"

"네. 원장님, 홍보팀장입니다. 보고 드릴 게 있어서요."

"뭡니까?"

"지난번에 말씀드렸던 케이블 TV 성형 메이크오버 쇼 말씀인데요. 출연을 원하는 병원이 많아서 일단 두 배수로 지원을 받고 출연할 의사 선생님들의 카메라 테스트를 한답니다."

"카메라 테스트? 뭐 의사 얼굴 보고 뽑겠다는 건가?"

"그러게요. 원장님. 그런데……."

"그런데?"

"협찬후원금이 3억이랍니다."

"3억? 수술 지원비 빼고?"

"네. 8회 출연에 3억이랍니다."

"협찬후원금이 뭐가 그렇게 많이 든다지?"

"지원자 공개 모집에도 비용이 들고, 불우 환자 돕기 등 지원 사업도 규모가 크다 보니 그렇답니다."

"만만찮은 금액이네."

"우선 한다고 할까요?"

"음……."

"원장님. 일단 한다고 하고 정 부담되시면 카메라 테스트 때 빼시는 건 어떨까요?"

"한다고 하다가 빼도 망신이긴 한데……. 일단 지원해봅시다."

"네. 알겠습니다."

전화를 끊은 그는 출연자들이 떠들기 시작한 라디오를 꺼버리고 생각했다. 어디 보자 8회 출연에 3억이면 회당 거의 4천만 원이네.

그는 고개를 들다 룸미러에 비친 자기 얼굴을 보았다. 그리고 그는 티슈를 한 장 뽑아 입술에 발라진 립스틱을 지우며 생각했다. 그럼 도대체 수술을 몇 개를 해야 본전인 거야?

4-7

변장 성형, 변신 성형이 알려져 어느덧 인터넷 키워드 광고에 따라 하는 병원이 스무 곳 이상 생겼지만, P가 이미 변장 성형, 변신 성형으로 사회심리학 교수와 함께 책까지 출판하고 대대적인 마케팅을 전개한 뒤였다. 그의 명성은 점점 더 높아지고 매출액 또한 증가 일로였다.

병원 건물 맞은편 대로변의 한 건물 위 대형 광고판에는 P가 가운데에 서고 13명의 의사가 모두 하얀 가운을 입고 서 있는 브랜드 이미지 광고가 시작되었다. 길을 지나는 사람들, 신호 대기 중의 차에 앉은 사람들은 모두 한 번씩 그의 얼굴에 눈길을 주었다. 적지 않은 비용이 들었지만, 같은 광고가 거의 동시에 잡지며 신문에도 실리기 시작했다.

그러던 어느 날, P 병원 입구에 벙거지 모자를 쓰고 마스크까지 쓴 50대의 남자가 들어섰다. 환자들로 붐비는 로비에서도 사뭇 도드라진 복장과 분위기의 그 남자는, 코디네이터들의 눈에 바로 띄었다. 하지만 순서가 된 두어 명의 코디네이터들이 이번이 누구 차례인지 따지느라 그는 일시적으로 방치되고 있었다.

마침내 조심스럽게 다가선 코디네이터는 "안녕하세요? 혹시 예약하고 오셨습니까?"라고 물었다.

"아뇨."

"저희 병원은 예약제로 운영이 되고 있어서요. 예약 없이 방문하시면 다소 기다리실 수도 있는데 괜찮으시겠습니까?"

"그럼, 기다리죠."

"이쪽으로." 코디네이터는 그를 2층 소파로 안내하였다. "여기 간단한 차트 양식이 있습니다. 까만 줄 안쪽은 모두 기재해주시고 여기 마지막에 서명을 부탁드립니다."

"예."

"혹시 차 한 잔 가져다드릴까요?" 하고 한 마디 덧붙였다.

"아뇨. 필요 없소. 그런데 여기 실명은 안 써도 되죠?" 그는 고개를 돌리지 않고 눈동자만으로 좌우를 살피며 말했다.

"가능하면 실명과 주민등록번호를 써 주셔야 합니다. 저희 병원은 개인정보 보호에 관한 규정을 엄격히 지키고 있으니까 걱정하지 마시고요."

데스크로 돌아온 코디네이터는 상담부장 H에게 방금 들어온 환자에 대해 낮은 목소리로 보고했다. "부장님. 지금 예약 없이 50대 남자 환자분이 들어오셨는데요. 분위기가 약간 이상해요."

"안 그래도 보고 있었어. 우선 무엇을 원하는지 알아보고, 문제의 소지가 있다면 조용히 돌려보내도 되는지 P 원장님의 허락을 받아야겠지. 우선 자연스럽게 응대해. 그리고 상담실장 배정은 따로 하지 마, 내가 상담할 테니."

"네. 알겠습니다."

H는 인터폰을 들었다. "상담부장인데요. 원장님 좀."

"그래요. 무슨 일이죠?" P가 전화를 돌려받았다.

"혹시 CCTV 보고 계세요?"

"아니요."

"신환(새로운 환자) 때문에 그런데요. 2-12번 좀 봐주시겠어요?"

"그래요. 잠깐."

"예약 없이 오신 분인데요. 50대 남자분인데. 복장도 좀 그렇고

분위기가 수상해서요."

잠시 후 "음. 좀 그러네요. 보호자 없이 혼자 왔나요?" 하고 P가 말했다.

"네. 혼자서 들어오셨어요."

"중년의 남자 환자가 보호자 없이 이렇게 오지는 않지요, 보통은."

"네. 그리고 주변을 두리번거리는 것이 좀 범죄자 같기도 하고 해서……."

"변장 성형을 원하는 건가요?"

"아직 차트 작성은 안 된 상태입니다. 너무 이상하면 돌려보내도 될까요?"

"그러죠. 괜한 문제를 일으키면 그러니까."

"알겠습니다."

"아, 잠깐만. 이렇게 하죠. 우선 표시 안 나게 친절히 응대하세요. 그리고 원하는 것을 들어보고 판단합시다."

전화를 내려놓으면서도 P는 CCTV 화면을 계속 들여다보며 생각했다. '이상하긴 하네.'

"안녕하세요? 양식은 다 쓰셨어요?" H는 환자에게 다가가며 애써 당찬 목소리로 물었다.

"예." 그는 대부분의 공란이 그대로 비어 있는 차트를 내밀며 말했다.

"그럼 이쪽으로 오시지요." H는 가장 안쪽의 상담실로 그를 안내했다.

유리로 된 상담실에 들어선 그는 마스크 위로 또다시 눈알을 굴려 CCTV를 찾았다.

"상담실에는 CCTV 카메라가 없습니다. 편안하게 말씀 나누시지요."

"……."

"저는 환자분을 담당하게 된 수석상담실장입니다. 변장 성형을 원하시는군요?"

"예."

"어떤 이유이신지 여쭤봐도 될까요?"

"그런 거 꼭 말해야 합니까?"

"혹시라도 즉흥적인 결정이면 나중에 후회하게 되셔서 물어보는 겁니다. 수술로 일단 칼을 대면 다시 원상으로 돌아가기는 아주 힘들기 때문이죠."

"절대로 후회 따윈 할 일 없어요. 그런 건 걱정하지 마세요."

"이런, 차트를 다 안 쓰셨네요?"

"……."

"이름은 가명도 상관없습니다만, 나이는? 그리고 가지고 계신 지병은?"

"50대 초반이요. 그리고 아무 병 없소."

"좋습니다." 그녀는 그 대신 빈칸을 채우며 말했다. "자신의 얼굴이 어떤 식으로 변화되길 원하세요?"

"전혀 알아볼 수 없게요. 가격은 상관없고요. 완전히 다른 사람으로 만들어주쇼. 전혀 반대 얼굴로."

"전혀 반대로요?"

"그리고 부탁이 하나 있는데."

"어떤?"

"얼굴이 바뀌는 과정의 흔적을 절대로 남기면 안 돼요. 가능하겠습니까?"

"네?"

"여기 아니라도 변장 성형한다는 병원은 많던데요. 그런 조건으로 수술해줄 수 있습니까?"

"그건……."

"그래도 여기가 원조라고 해서 왔어요. 안 되면 딴 데 가고."

"보통은 신분증이나 여권 문제 때문에 변화 과정을 사진과 동영상 기록으로 남겨드리거든요. 수술 후에 모든 분이 자신이 자신임을 입증해야 할 필요가 바로 생기기 때문에요."

"전 그런 거 필요 없소. 아무것도 남기지 말라니깐."

"정말요? 바로 은행이나 관공서에 가실 때 곤란한 일이 생기실 텐데요?"

"보통 여기서 변장 성형수술비 얼마 받습니까?"

"그건 수술 방법에 따라……."

"흔적을 안 남기는 조건으로 제일 비싼 방법의 10배를 내겠소. 그 이상은 묻지 마쇼."

"잠시만 기다려주세요. 상부에 보고를 좀 해보고……." 그녀는 차트를 들고 밖으로 나왔다.

"열 배를 내겠다고요?" P가 되물었다.

"네. 아무 기록도 남기지 않는 조건으로요." H가 말했다.

"음." 그는 손톱으로 책상 유리를 딸그락거리며 두드렸다. "도대체 뭘 하는 사람일까?"

"글쎄요. 원장님. 어떻게 할까요?"

P는 눈을 질끈 감았다가 떴다.

"음, 원하는 대로 해줍시다."

"정말요?"

"그래요."

"그럼 수가는?"

"3억이죠. 10배니까."

"알겠습니다."

"수술은 내가 직접 하겠습니다."

"원장님이요?"

"네. 그렇게 합시다."

4-8

P는 자신의 사무실로 그 환자를 올려보내라고 지시했다. 잠시
후 H는 환자와 함께 엘리베이터를 타고 올라왔다. 비서는 눈으로
는 슬금슬금 환자를 훑어보며 인터폰으로 "원장님, 외래에서 환
자분 올라오셨는데요."라고 전했다.

"들어오시라고 하세요." P가 대답했다.

H와 환자가 들어오자 그가 인사했다. "안녕하세요? 대표원장
P입니다."

"안녕하슈?" 환자는 여전히 목을 뻣뻣이 세운 채 눈을 들어

방안을 살폈다.

"제 사무실에는 모니터만 있고 CCTV 카메라는 없습니다."

"그렇겠네요."

"원장님 전 그만 나가봐도 될까요?" H가 물었다.

"알겠어요. 나가 보세요." P가 대답하자 H는 이내 나가버렸다.
"이쪽으로 앉아 보시죠."

환자는 천천히 P의 책상 옆에 놓인 동그란 진찰 의자에 앉았다.

"얼굴을 먼저 분석해보겠습니다. 모자와 마스크 좀 벗어주시겠습니까?"

환자는 먼저 모자를 벗어서 책상 위에 올려놓았다. 그리고는 고개를 다시 한번 좌우로 돌려 주변을 확인하면서 마스크를 벗어 주머니에 챙겨 넣었다.

"이리 가까이."

환자의 얼굴 피부는 좀 검은 편이었다. 눈은 쌍꺼풀이 없이 날카롭게 위로 올라가 있었다. 얼굴의 한 가운데에 있는 코는 S자로 두 번 휘어 있었고, 튀어나온 매부리가 있었으며, 보통 맞아서 부러진 코에서 보이는 넓은 뼈 바닥을 갖고 있었다. '뭐야 무슨 일을 하기에 얼굴이 이렇게 험하지?'

"코를 다친 적이 있습니까?" P가 물었다.

"예. 아주 어릴 적에."

"최근에는요?"

"최근에는……. 한 2년 전?"

"알겠습니다. 그럼 여러 번 다치신 거네요?"

"……." 그는 말없이 입을 삐죽 내밀었다.

P는 환자의 이마를 살펴보았다. 눈썹 뼈는 도드라졌는데 눈썹은 아주 흐렸다. 그리고 작고 후퇴된 턱 끝, 비열하게 오므린 입매……. 성형외과 전문의로서 외모로 그 사람의 인격을 평가해서는 안 될 일이었지만, P는 그의 얼굴에서 오랜 세월 습관적으로 짓는 표정에 의해, 그의 영혼이 그런 식으로 새겨졌다고, 그의 인품이 그렇게 드러났다고밖에 볼 수 없는 주름과 형태를 관찰할 수 있었다.

"수술 계획을 기록하는 것은 괜찮겠지요?"

"계획이요?"

"네."

"일단 수술하기 전에는 까먹으시면 안 되니까. 대신 수술이 끝나면 바로 나한테 주쇼."

"수술 내용을 설명……."

"아니. 내가 그걸 들어봐야 알 수도 없고. 바로 수술이나 해주시오."

"지금 바로는 안 됩니다. 전신마취를 해야 하는데 금식을 안

하셨을 테니."

"아뇨. 아뇨. 저 굶고 왔습니다."

"네?"

"저 아무것도 안 먹었습니다."

"언제부터?"

"글쎄 계속 굶었다고 하지 않습니까?"

"환자분 수술 중에 토해서 구토물이 기도로 들어가면 호흡곤란으로 사망할 수도 있습니다. 보통 8시간 금식이 필요합니다."

"8시간요?"

"네."

"그 정도 된 것 같은데." 그는 고개를 갸우뚱하며 말했다.

"아닙니다. 막연히 그러실 것이 아니라 내일 아침 첫 수술로 잡아드릴 테니, 다시 방문하시죠." P는 인터폰을 들고 H를 불렀다. "나머지 수술 전 검사와 준비 안내해드리세요."

어색한 침묵이 흐른 뒤 잠시 후 H가 들어와 환자를 모시고 나갔다.

'어쩌지? 이거 완전 범죄자인데? 괜한 짓을 한 건가?' 그는 계속해서 손톱으로 책상 유리를 딸그락거리며 두드렸다. '에이, 내일 아침 그자가 그냥 안 왔으면 좋겠는데.'

다음 날 아침, P의 기대와는 달리 그 환자는 외래 문을 정식으로 열기도 전에 병원에 도착했다. 역시 오늘도 마스크를 쓴 얼굴에 모자까지 쓴 그는 아직도 진공청소기를 돌리고 있는 로비를 가로질러 걸어와 허름한 스포츠 가방에서 현금 묶음을 꺼내 대리석 데스크 위에 올려놓기 시작했다.

데스크 담당 상담실장은 놀란 나머지 "환자분 여기에 올려놓으시면 좀 그렇고요. 이쪽으로 들어오시지요."라며 데스크 뒤쪽의 작은 방으로 그를 안내했다. "의자에 앉으시죠."

"3억이요. 뭐 금액은 맞을 거요. 세어보든지." 그는 앉으며 말했다.

"네. 맞겠죠. 담당이신 상담부장님 오시기 전에 우선 저희가 계수기로 세어드리겠습니다." 상담실장은 조심스럽게 돈뭉치들을 풀어 기계에 넣기 시작했다. "혹시 현금 영수증은?"

"필요 없어요."

"그럼 저희가 무기명으로 발급해 드리겠습니다."

직원 두 명이 더 들어와 마감 결산을 보는 은행에서처럼 기계로 돈을 세는 동안 그는 의자에 앉아 또다시 주위를 살폈다. 그러는 동안 H가 방으로 들어왔다. "안녕하세요? 금식은 하셨죠?"

"네."

금액이 다 확인되자 상담실장은 영수증을 출력했고, H가 건네주는 그 영수증을 환자는 받는 둥 마는 둥 대강 호주머니에 쑤셔 넣었다.

입원실로 안내된 그는 환자복으로 갈아입으면서도 마스크와 모자를 벗지 않았다. 세수를 하고 혈관주사를 맞은 뒤, 수술장에 들어온 후에도 그는 끝까지 마스크와 모자를 쓰고 있다가 CCTV 카메라가 없는 것을 확인하고서야 그것들을 벗었다.

"안녕하세요?" P가 수술장에 들어서며 인사를 건넸다.

"안녕하세요?" 테이블에 누워 있던 환자는 엉거주춤 상체를 일으켜 인사를 했다.

"금식은 잘하셨죠?"

"네. 아무것도 안 먹었습니다."

"앉아 보시죠." 그는 수술용 펜을 꺼내 환자의 얼굴에 수술 설계를 그렸다. "이 거울 한번 들어보시죠. 주저앉은 코를 세우고, 이마와 턱 끝을 이렇게 세우겠습니다."

"아이, 알아서 하시라니까요." 환자가 말했다.

"그리고 눈썹에 모발이식을 하겠습니다." 그 순간 환자는 이미 거울을 내려놓았다.

간호사가 부작용이 잔뜩 적힌 수술 동의서를 클립보드에 끼워 P에게 건네려 하자, 환자는 대뜸 "서명하면 되는 거죠?" 하고 가로채더니 동의서 마지막 부분에 아무도 알아볼 수 없는 서명을 끄적거렸다.

P는 한숨을 내쉬며 "오케이. 그럼 진행하지."라고 마취과 의사에게 말했다.

전신마취를 해서 환자가 의식을 잃자 간호사는 은색 포셉으로 적갈색의 소독약을 묻힌 스펀지를 집어 환자의 얼굴을 소독하기 시작했다.

소독 방포가 다 씌워지자 손을 씻고 들어온 P는 청보라색 수술 가운을 입고 메스를 잡았다. 콧속을 절개한 그는 우선 무너진 콧대를 끌 같은 기구로 해체해서 우뚝 세웠고, 머릿속 두피를 열고 이마에 실리콘 보형물을 넣어 튀어나온 눈썹 뼈를 마치 갈아낸 것처럼 매끈하게 만들었다. 또 입술 안쪽 점막을 열어 턱 끝부분에는 인공 뼈를 넣고 나사못으로 고정해 입매를 마치 치열 교정을 한 것처럼 바꿨다. 그리고는 마지막으로 옆머리에서 머리칼을 뿌리째 뽑아 와서 흐린 눈썹 부분에 이식했다.

장장 7시간의 수술이 끝나자 환자의 얼굴은 온통 부목이며 붕대로 고정되어 알아볼 수 없게 되었다. 회복실에서 마취가 다 깬 후 병실 간호사는 수술 후 주의 사항을 설명해주고 다음 날 치료를 받으러 올 시간을 정해주었다.

하지만 다음날 그 환자는 다시 병원에 나타나지 않았다. 다음 날도, 그다음 날도……. 이마에 꽂혀 있는 피 주머니 배액관도

뽑아야 하고, 실밥도 빼야 했으나, 환자는 결코 병원에 얼굴을
비치지 않은 것이다.

정해진 시간에 그자가 나타나지 않자 처음에 P는 불안해했다.
하지만, 시간이 점차 흘러 2주가 지났는데도 여전히 환자가 나타
나지 않자 P는 환자가 어디선가 알아서 치료도 받고 배액관이며
실밥을 뺐겠지 생각하며 애써 그 일을 잊어버리려 했다. 그리고
성형 메이크오버 쇼가 시작될 무렵 실제로 P는 그 환자를 까맣
게 잊어버렸다.

제 5 부

쇼

5-1

성형 메이크오버 쇼를 촬영하는 녹화장은 박람회장만큼이나 층고가 높았다. 녹화장 옆의 분장실에서 P는 분장을 받기 위해 셔츠 바람에 미용실에서 쓰는 것과 같은 턱받이를 하고 꼼짝없이 앉아 있었다.

"야, 이거 오랜만이야! P." 등 뒤에서 많이 듣던 목소리가 들렸다.

"아, 네. 선배님. 잘 지내셨죠 ?" 분장사 옆으로 다가오는 이를 거울로 바라보고, 어정쩡하게 엉덩이만 살짝 들며 P가 말했다.

레지던트 한 해 선배로 수련 중에 그를 가장 많이 괴롭히던 선배였다.

"그래."

"제가 분장을 하고 있어서요." P가 말했다.

"응. 일어나지 마. 병원이 그렇게 잘 된다며?"

"뭐 병원 옮기고 처음이라 좀 그렇죠."

"소문났던데? 변장 성형으로 히트 쳤다며?"

"아유 선배님, 히트는 무슨……."

"소문으로는 너희 병원이 덩치뿐 아니라 매출액도 업계 1위가 아니겠냐고 하던데? 아니야?"

"아니에요. 큰 병원들이 얼마나 많은데, 괜한 말씀을……."

"오늘도 네가 제일 먼저 왔네. 역시 부지런해야 성공하는구나? 나도 분장 좀 해야겠다."

"네. 선배님." 그는 거울로 얼굴을 보며 고개만 살짝 숙이며 대답했다.

분장을 마치고 드라이한 머리가 흐트러지지 않도록 스프레이를 뿌리고 나서, 그는 하얀색 의사 재킷을 입고 거울 앞에서 넥타이 매듭을 강하게 조여 매었다. 그리고 마지막으로 테이블 위에 쌓여 있는 생수병 중 하나를 따서 물을 한 모금 마시고는 AD를 따라 녹화장으로 이동했다.

녹화장에는 방청객들이 의자에 앉아, 쇼가 시작될 때 하는 환호성이며 손뼉을 쳐야 하는 때를 가르쳐주는 사인을 한창 배우고 있었다.

무대 위에는 의사들의 자리가 12개 준비되어 있었다. 그는 자신의 이름이 쓰여 있는 데스크 앞에서 잠시 서 있다가 옆자리의 명패들을 확인했다.

'네 명이 의대 선후배들이네. 치과, 피부과를 빼면 대부분 아는 사람들이군. 이렇게 많은 의사를 무대에 올려놓고 도대체 몇 마디씩이나 하게 해주는 걸까? 돈은 그렇게 큰돈을 받고선.' 자리에 앉으며 그는 이렇게 생각했다.

아는 선후배가 분장을 마치고 속속 들어올 때마다 그는 손을 들고 몇 마디 인사를 교환했고, 처음 보는 의사 몇몇과는 가볍게 고개를 숙여 인사했다. 그러는 동안 데스크 위에 놓인 물을 계속 마셔서 그런지 대부분의 의사가 자리에 앉을 무렵 그는 화장실에 가고 싶어졌다. 그는 AD에게 손짓하고 "지금 화장실 좀 다녀와도 되겠습니까?"라고 작은 목소리로 물었다.

AD는 녹화장 벽 중앙에 붙은 시계를 보며 말했다. "얼른 다녀오십시오."

그가 화장실에서 돌아와 보니 이미 모든 의사가 분장과 머리

다듬기를 다 마치고 자리에 앉아 있었다. 그가 마지막으로 자리에 앉자 담당 PD가 의사들에게 프로그램의 진행에 관해 설명을 시작했다.

그러는 동안, 나이가 들었지만 여전히 아름답기로 유명한 여배우와 목소리 좋기로 잘 알려진 남자 배우가 사회를 보기 위해 무대에 올라왔다. 아직 카메라는 돌지 않았는데도, 그들이 나타나자 방청객들은 시키지도 않은 손뼉을 치며 좋아했다.

"자, 의사 선생님들께 마지막으로 한마디만 하겠습니다. 녹화가 시작되면 사회자들의 진행에 따라 자연스럽게 자신의 의견을 말씀해주시면 됩니다. 한 분씩 호명해서 의견을 듣고 하는 식으로 진행하면 따분한 의학 포럼이 돼버리겠죠? 그저 화제에 따라 자연스럽게, 물 흐르듯이 대화를 나누시면서 의견을 교환하시면 좋겠습니다. 자, 그럼 멋지고 화려한 쇼가 될 수 있도록 최선을 다해 주십시오. 감사합니다."

드디어 시작 사인이 들어오자, 사회자들은 오프닝 멘트를 했다. 그리고는 미리 준비한 성형수술 신청자들의 동영상이 나간 뒤, 신청자들이 한 사람 한 사람씩 무대 중앙의 문을 열고 나타났다. 사회자의 소개에 따라 그들은 자신의 사연과 원하는 모습을 말하였다.

의사가 여러 명 나와서 하는 쇼에는 처음 나온 P는 그저 선배들이 요령껏 신청자의 사연에 부가 질문을 하고 또 자신의 의견을 말하는 것을 보고 있는 수밖에 없었다.

'말이 자연스럽게지 이건 누가 잽싸게 남의 말꼬리를 꿰차고 들어가느냐의 싸움이잖아?' 남의 말을 티 안 나게 끊고 들어가지 못해 기회를 계속 놓친 P가 얼굴이 붉어지는 것을 느끼며 생각했다. '안 되겠어. 일단 아무 말이나 질러 놓고 얼버무리며 끼어들자.'

P는 그런 식으로 몇 번 대화에 끼어들려다가 실패했다. 그래도 꾸준히 기회를 엿보다, 녹화의 중간 이후에는 몇 번의 기회를 잡고 수술에 대해 제대로 된 의견을 말할 수 있었다.

그러다 어느 순간 사회를 보던 여배우는 P가 말솜씨뿐만 아니라 외모까지 출중하다는 칭찬을 했고, 방청객들 역시 큰 손뼉을 치는 상황이 벌어졌다.

뜨거운 조명 밑에서 한마디라도 더 하기 위해 신경을 곤두세우던 그는 그 이후로 큰 박수를 몇 번 더 받았다. 이러는 동안 그는 머리카락 사이로 땀이 흐르는 것을 느꼈고, 녹화가 끝나자 결국 깨질 것 같은 두통을 느꼈다. '세상 쉬운 일이 없군. 이걸 앞으로 몇 번이나 더 해야 하지?'

"여~, 오늘 최고의 스타는 P였던 것 같아."

"축하해! 최고의 미남 의사로 등극했어."

같이 녹화를 마친 의사들이 한마디씩 했다.

"아닙니다. 다들 말씀들을 너무 잘하셔서……."

"뒤풀이해야지? 오늘 P 선생이 한턱내야겠는데?" 누군가 말했다.

"암요. 암요. P가 쏴야죠." P의 의국 선배가 말했다.

"좋습니다. PD님 근처에 술 한잔할 곳이 있을까요?" P가 물었다.

"왜 없겠습니까? 안내하지요. AD. 예약되는지 한번 전화해 봐."

"P, 우리 사회자님도 모시고 가야지. 오늘 그렇게 극찬을 해주셨는데." 선배가 말했다.

"네. 당연하죠."

"그러나저러나 우리 사회자님 의사 선생님한테 반한 거 아닌지 모르겠어요?" 선배가 사회자를 보며 말했다.

"무슨 말씀. 저는 정말 사실만을 이야기했어요." 여자 사회자가 웃으며 말했다.

그날 밤, 두통약을 먹으려 했던 P는 오히려 약 대신 맥주를 얼마나 마셨는지, 두통이 더 심해진 채 휴대전화 앱으로 대리 운전

기사를 불렀다. 얼마 전 리스로 뽑은 마이바흐는 자동차 전용 차로를 달려 아파트 단지 입구로 접어들었다.

"아저씨 단지 안에는 차 댈 곳이 없을 거예요. 그냥 단지 밖에 공영주차장 자리에 대주세요."

"아, 이 비싼 차를 밖에 대도 됩니까?"

"괜찮아요."

머리는 지끈거리며 아팠지만, 빈자리에 차를 세우고 대리기사가 키를 돌려주자, 그는 오만 원짜리 지폐 두 장을 꺼내 뿌리듯 기사에게 쥐여주었다.

"어유 사장님, 너무 많은데요?"

"잔돈은 필요 없습니다. 수고하셨어요."

"감사합니다. 차가 너무 좋습니다." 대리기사는 주머니에 돈을 쑤셔 넣으며 다시 한번 P의 차를 흘끔 쳐다보았다.

"무슨 말씀을, 차들이 다 거기서 거기죠……." 그는 윤기가 흐르는 검은색 애마를 보며 미소를 지었다.

며칠 뒤 편집된 쇼가 방송을 타자 친척들은 물론이고 P를 아는 가까운 지인들은 마치 그가 국가대표 의사나 된 듯이 칭찬하고 인사를 전했다. 그리고 아침 출근 시간엔 옆 동에 사는 아주머니까지도 P에게 인사를 할 정도였다.

이제 P는 허름한 트레이닝복에 슬리퍼를 끌며 분리수거 쓰레기를 버리러 나다니던, 이전의 그가 아니었다. 기사가 없는 주말, 직접 차를 몰 때도 그의 앞으로 거칠게 끼어드는 차에게 클랙슨을 누르며 맞대응을 해서도 안 될 것이다.

5-2

자신의 전용 수술장 격인 1번 수술장에서 P는 마취과 의사가 프로포폴로 재워놓은 환자의 얼굴에 변장 성형을 하고 있었다. 수술장에는 얼마 전 그가 들여놓은 뱅 앤 올룹슨 오디오가 재즈곡들의 선명한 음색으로 공간을 가득 채우고 있었다.

'작은 컴포넌트 오디오로 음악을 듣는 거와는 차원이 다르군. 내가 제일 좋아하는 CD를 이렇게 연이어 틀어 놓으니 이건 수술장이 아니라 음악 감상실이네.'

MP3의 시대에 고집스럽게 간직해온 무려 여섯 장의 CD가

투명한 유리 뒤에서 자신의 순서를 기다리고 있는 것이 보였다.

"어때요. 이 곡?" P가 마취과 의사에게 물었다.

"환자들이 듣기에는 좀 흥분되는 곡인데요?"

"맨해튼 재즈 퀸텟! 역시 최고야. 마취 깊이는 괜찮죠?"

"네. 아주 잘 자고 있네요. 이 환자는 또 어떤 기구한 사연을 갖고 있을까요?"

"글쎄요? 아무튼, 수술하는 사람이 기분이 좋아야 수술도 잘 되는 겁니다!"

"원장님 방송 나가고서 수술이 두 배는 늘어난 것 같아요."

"바쁜 게 좋은 겁니다."

"네. 맞아요. 오버타임 비만 넉넉히 주신다면……." 마취과 의사는 웃으며 대답했다.

같은 시각 1층 로비에는 50대 남자 두 명이 나타났다. 대리주차를 맡긴 차를 찾기 위해 소파에 앉은 환자들은 저마다 얼굴에 그물망 같은 드레싱을 하고, 혹은 콧대에 노란색 부목을 고정하고 앉아 있었다. 이런 환자들로 가득해 앉을 자리도 부족한 상황이었지만, 두 사람은 모자에 마스크까지 쓰고 있어서 수많은 여자 환자들 사이에서 두드러져 보일 수밖에 없었다.

"안녕하세요? 혹시 예약하셨나요?" 코디네이터가 다가와 물었다.

"아니요. 예약 안 했습니다." 키가 작은 쪽이 대답했다.

"상담을 받으실 분이?"

"두 명 다 상담을 받으려고요." 뒤에 서 있던 키가 큰 쪽이 대답했다.

"그럼 이 층으로 모시겠습니다. 예약 없이 오시면 조금 기다리실 수도 있습니다. 괜찮으시겠습니까?"

"괜찮아요."

"이쪽으로."

2층으로 올라온 그들은 약속이나 한 듯, 차트 용지를 받고도 이름과 나머지 다른 기재사항을 전혀 쓰지 않고 앉아 있었다.

"다 쓰셨나요?" 한참 뒤 코디네이터가 다가와 물었다.

"그게 아니고요." 그들은 상담부장 H의 이름을 대고는 그녀를 찾았다.

잠시 뒤 H가 그 둘에게 다가왔다.

"안녕하세요? 저를 찾으셨다고요? 혹시 소개로 오셨나요?"

"두 달 전에 변장 성형한 환자가 있었지요? 왜 코가 이렇게 무너진……." 키가 작은 쪽이 이야기를 시작했다.

"아, 네."

"그 환자처럼 해주쇼. 자료 안 남기고."

"나도 마찬가지요." 옆에 있던 키가 큰 사람이 말했다.

"알겠습니다. 그래도 일단 여기 차트는 작성해 주셔야……"

"아니, 이런 거 안 하고 수술했다고 하던데."

"그럼 혹시 앓고 계신 지병이 있는지만이라도."

"그런 거 없어요."

"드시고 계신 약은?"

"없어요."

"나도 건강합니다."

"잠시만 기다려주세요."

상담실 밖으로 나온 H는 인터폰으로 P의 사무실에 전화를 걸었다.

"혹시 원장님 계세요?"

"원장님 수술 중이세요. 오늘 계속 수술이라 저녁때나 되어야 사무실에 올라오실 거예요."라고 비서가 말했다.

"그럼 수술장으로 연락하겠습니다." 그녀는 전화를 얼른 끊고 다시 수술장으로 전화를 걸었다. "원장님하고 통화 좀 할 수 있을까요?"

"급한 일이세요?"

"원장님. 수술 중이신 건 아는데요. 꼭 말씀드릴 것이."

"잠시만 들고 계세요."

"……."

"여보세요? 말씀하세요." P의 목소리가 들렸다.

"원장님."

"뭡니까? 급한 일이에요?"

"그때 그 환자처럼, 자료 없이 변장 성형을 하겠다는 분들이 두 분 오셔서."

"그래요?"

"아마도 그분한테 이야기를 듣고 오신 것 같아요."

"그래요? 확실해요?" P는 이 말을 하고서 헛기침을 했다.

"네. 아예 그분 이야기를 하면서……. 두 분 다 분위기는 똑같은데 진행할까요?"

"그것참. 그 환자는 같이 안 오고요?"

"네."

"우선 원하는 것 좀 들어보고 나서 다시 이야기합시다. 나도 생각 좀 해봐야 하니까."

"네. 원장님."

"커피 한잔 좀 부탁합시다." 수술이 끝나 사무실로 올라온 P는 인터폰으로 비서에게 이야기했다.

'어쩌지? 계속 범죄자들을 수술하게 되는 것 같은데. 아니야,

범죄자라고 단정 지을 수는 없지. 험하게 생겼다고 다 범죄자는 아니니까. 손을 씻은 사람들일 수도 있잖아. 잠시 어떤 사정들이 있어서 그럴지도. 어쩌지? 그냥 모른 척하고 또 진행할까? 아니야, 그러다가 큰 범죄자들이기라도 하면…….'

"원장님, 여기 커피."

"고마워요." 커피잔을 들며 그는 생각했다. 어쩌겠어. 수술해야지. 환자의 사생활까지 의사가 어떻게 다 알아보고 수술을 해? 난 모르는 일이고, 알 수도 없는 일인 거지.

그런데 만약 정말로 도망 중인 범죄자의 얼굴을 수술해준 거라면? 무슨 죄를 짓는 게 아닐까? 내가 일부러 그렇게 해준 것도 아닌데 그게 죄가 될까? 아, 정말 미치겠네. 그의 심장이 미친 듯이 쿵쾅거렸다.

5-3

커피잔을 내려놓으며 P는 생각했다. '그래도 어떻게 해? 환자
가 늘 때 확 당겨야지. 이거저거 따지다가는 몇 명이나 수술하겠
어?' 그는 인터폰을 들고 두 명을 자신의 사무실로 모시라고 말
했다.

그는 그들의 이름도 묻지 않았고, 그들은 자신이 원하는 얼굴
모양을 말하지 않았다. 그들이 원하는 것은 오로지 '다른 얼굴.
그것도 최대한 빨리'였다.

이미 다음날 정규 시간에는 수술 스케줄이 다 차 있던 상황

이라, 무명의 두 환자는 다음 날과 그다음 날, 밤늦은 시간에 초과근무로 수술을 받았다. 수술비로 따지면 그 누구보다도 초특급 VIP인 두 사람의 수술도 성공적으로 끝났다.

P는 그 둘 역시 예전 얼굴을 알아볼 수 없도록, 그 어떤 변장보다 더 완벽한 변장 성형을 해주었고, 수술을 받은 그들은 첫번째 환자와 마찬가지로 병원 문을 나간 이후로 다시는 병원에 나타나지 않았다.

이젠 그도 '어딘가 실밥을 뽑고 치료를 받을 수 있는 병원이 따로 있는 모양이지. 염증이 나서 돌아오지 않는 이상은 걱정할 필요가 없을 거야. 알 게 뭐야 이미 위조여권에 새 사진을 붙여서 멀리 다른 나라로 떠나가 버렸을지도……'라고 생각하게 되었다.

그 후로 P는 어느덧 케이블 TV에서 제일 인기 있는 의사가 되었다. P 병원에는 외래며 수술장에 환자들이 가득했고, 곳곳에 걸린 TV 모니터에서는 그가 출연한 성형 메이크오버 쇼가 녹화되어 계속 방영되고 있었다. '이렇게 효과가 좋다면 다음 시즌에도 또 나간다고 해야 할까 봐.'라고 그는 생각했다.

그러던 어느 날 아침, 짧은 머리에 점퍼 차림을 한 두 사람이 병원 로비에 들어왔다. 코디네이터가 다가오자 나이가 좀 더 들어

보이는 쪽이 "안녕하세요? 저희는 OO 경찰서 형사들입니다."라고 말하며 가슴 포켓에서 신분증을 꺼내 보여주었다.

"안녕하세요? 그런데 저희 병원에는 어떤 일로?"

"몇 가지 확인할 사항이 생겨서요."

"그러세요? 그럼 2층 상담실로 모셔도 될까요?"

"그러지요."

두 사람은 코디네이터와 함께 엘리베이터를 타고 바로 위층으로 올라갔다.

"우선 차 한 잔씩 하시죠. 원두커피 괜찮으세요?"

"네. 감사합니다." 둘을 두고 나온 코디네이터는 H에게 상황을 보고했다. 형사들이 최고급 에스프레소 기계로 뽑아 잔잔한 거품이 풍성하게 올라간 커피를 받아 마실 무렵 H는 인터폰으로 P에게 연락했다.

"원장님, 외래에 두 분이 오셨는데요. 형사들이라는데요?"

"뭐라고요?"

"신분증을 보여주면서 형사들이라고……."

"우선 뭣 때문에 왔는지 이야기를 들어봐요. 그리고 내가 만나야 하는 상황이면 다시 전화하고."

"네. 안 그래도 상담실로 모셨습니다. 다시 전화 드릴게요."

H는 상담실로 들어가 인사를 했다. "안녕하세요? P 병원 상담

부장입니다."

"네. 안녕하십니까?"

"커피 드시면서 이야기 같이 나누시죠." H가 말했다.

"네. 감사합니다."

"그래 수술을 원하시는 것은 아니실 테고, 어떤 용무로……"

"네. 뭘 좀 확인하려고요."

"무슨?"

"혹시 이 사람들이 여기서 수술을 받았는지?" 나이가 많은 쪽은 젊은 쪽이 서류봉투에서 꺼내주는 사진을 부장에게 건네며 말했다.

부장은 A4 용지 크기의 인화지에 출력한 커다란 사진을 받아 들었다. 그녀는 그 사진 속 얼굴들을 바로 알아볼 수 있었다. "글쎄요. 제가 이런 것을 확인시켜드릴 위치는 아닌 것 같은데요." 그녀는 떨리는 손으로 사진들을 탁자 위에 내려놓으며 말했다. "대표원장님께서 수술을 안 들어가셨는지 확인해 보고 말씀드리겠습니다. 잠깐만요."

둘을 두고 나온 부장은 다시 P에게 연락했다. "원장님, 그게."

"뭐라고 합니까?"

"지난번에 변장 성형을 한 그 사람들 사진을 보여주면서 여기서 수술했느냐고 물으시네요."

"뭐라고요?"

"그때 왜 수술하고 다시 안 나타나는 그 세 명 말이에요."

"그래요?" P는 한동안 말을 잇지 못했다. "환자의 프라이버시가 있어서 안 된다고 하지 그랬어요."

"제가 이렇다 저렇다 할 입장은 아닌 것 같아서요."

"그럼. 어쩌지?" P는 잠시 생각하다가 "일단 8층 대기실로 모셔요. 내가 수술 중이라고 끝나는 대로 내려간다고 하고."라고 말했다.

"네. 알겠습니다."

전화를 끊은 P는 덜덜 떨리는 손으로 휴대전화 전화번호 목록을 뒤졌다. "아, 전화번호가 어디 있지?" 급하게 찾으려니 더 보이지 않았다. "잠깐, 동문회 주소록이 어디 있을 텐데."

그는 책상 서랍을 위에서부터 뒤지기 시작했다. 맨 밑의 서랍 바닥에서 진남색 인조가죽으로 된 작은 주소록을 찾아낸 그는 변호사를 하는 친구의 전화번호를 찾으려 했다. '아, 이름이 그게 아닌가?'

그는 친구의 얼굴 사진을 보고서야 겨우 전화번호를 찾을 수 있었다. 고등학교, 대학교를 같이 나온 친구였지만, 그동안 자주 연락을 한 사이도 아니어서 망설여졌다. '그래도 어떻게 해. 물어

봐야지.'

그는 떨리는 손으로 전화번호를 눌렀다. "여보세요?"

"여보세요? 어디신지요?"

"응. 잘 지내지, L? 나 P야."

"누구?"

"응. 의대 나온 P."

"아, P. 오랜만이네. 잘 지냈어?"

"응. 동문회에서 본 지도 꽤 됐지? 뭐 좀 물어보려고 전화했어."

"그래? 미안한데 내가 지금 의뢰인과 중요한 상담 중이어서."

"어. 미안. 그럼 내가 기다릴게. 상담 끝나면 이 번호로 천천히 전화 한번 해줘."

"그래."

전화는 오지 않고, P는 책상에 앉은 채로 고개를 앞뒤로 흔들며 벽에 걸린 시계와 휴대전화를 교대로 바라보았다. 20분이 지나자 그는 뻣뻣해진 손으로 인터폰을 들었다. "응. 난데요. 내가 수술이 좀 길어진다고 하고 다음에 다시 오면 어떻겠냐고 해보세요."

"원장님, 이미 그렇게 이야기했는데요. 많이 기다려도 괜찮다고, 꼭 원장님 뵙고 가겠다고 하셨어요."

"그래요? 이것 참. 알았어요."

P가 커피 한 잔을 부탁해서 마시며 15분을 더 기다린 후에 친구 L로부터 전화가 왔다.

"그래 무슨 일인데?"

"바쁠 텐데 미안해. 간단히 이야기할게. 몇 달 전에 범죄자처럼 보이는 사람이 와서 얼굴을 남들이 못 알아보도록 성형수술을 해달라는 거야. 우리가 그런 수술도 하고 있거든. 아무튼, 그 사람하고 그 사람 소개로 온 두 명이 이름 같은 개인정보도 밝히지 않고 수술을 받고 갔어. 근데 오늘 형사들이 그 사람들 사진을 들고 찾아와서 그들이 우리 병원에서 수술을 받았는지 확인을 해달라는 거야."

"그래?"

"아직 안 가고 기다리고 있대." 목이 메 P의 목소리가 갈라졌다.

"그 사람들 확실히 범죄자들이었어?"

"그땐 몰랐지. 그런데 오늘 형사들이 온 걸 보면."

"그땐 알 수 없었다는 거지?"

"그럼."

"일단 시간을 좀 벌어봐. 우리 변호사들도 그렇지만 의사도 비밀 유지의 의무가 있잖아."

"그렇지."

"일단 개인정보에 대해서는 비밀 유지 의무가 있어서 확인이 불가능하다고 이야기해."

"그럼 모른다고 하지 말고, 확인해줄 수 없다고 해?"

"그렇지."

"모른다고 잡아떼면 알아보는 것 같이 보일 수도 있잖아. 또 위증이 될 말은 안 하는 게 길게 봐선 유리해."

"아, 그렇겠구나. 순순히 돌아갈까?" P가 물었다.

"모르지. 수배가 내려진 사람들인지는 내가 알아봐 줄게. 그 사람들 사진은 있지?"

"아니 그게……. 그때 전후 사진이나 의무기록을 안 남기는 것을 조건으로 수술을 진행해서……."

"정말?"

"응."

"진짜 범죄자들일 수도 있겠구나!"

"어떻든 알겠어. 형사들이 오래 기다렸거든 우선 그렇게 대응해보고 다시 전화할게." 그는 벽에 걸린 시계를 보며 말했다.

"그래."

그는 전화를 끊고 8층으로 내려갔다.

"안녕하세요? 대표원장 P라고 합니다."

"안녕하세요? 저희는 OO 경찰서 형사들입니다." 그들은 다시 신분증을 꺼내 P에게 보여주었다.

"많이 기다리셨다고요. 미리 연락하고 오셨으면 수술을 조정했을 텐데." 그는 입가에 미소를 지으며 말했다.

"아닙니다. 전망이 좋은 자리에 차까지 주셔서 편안히 기다렸습니다."

"그래 확인하실 것은?"

"네. 저희가 사실 범죄 피의자들을 수사하고 있습니다."

"그러시군요."

"그래서 말인데요, 원장님. 이 사진들을 좀 봐주십시오."

"네?"

"혹시 이 얼굴들을 기억하십니까?"

"저 죄송하지만 먼저 이야기 드릴 것이 있는데요. 의사는 업무상 알게 된 환자들의 비밀을 절대로 이야기하지 않습니다. 그것이 의사의 의무이자 직업윤리죠." P는 형사가 건네는 사진을 받지 않은 채 이야기했다.

"그래도 원장님, 이건 좀 다릅니다. 이자들은 중범죄에 연루된 피의자들입니다."

"어떻든 제가 이 큰 병원에서 모든 환자를 다 보는 것도 아니고, 저희 환자라고 해도 본인 허락 없이 개인정보와 수술 이력을 알려 드릴 수는 없겠습니다."

"그러십니까? 알겠습니다. 정 그러시다면……. 오늘은 이 정도에서 인사만 드리고 가도록 하겠습니다. 가지."

"그럼 수고하십시오." P는 그들에게 고개를 숙여 인사했다.

"그런데 원장님, 혹시 범인 은닉·도피죄는 3년 이하의 징역이나 500만 원 이하의 벌금형에 처해진다는 사실은 알고 계시지요?"

"글쎄요. 제가 법은 잘 몰라서."

"알겠습니다. 그럼." 두 형사는 사진을 챙겨 일어나 고개를 가볍게 숙이고 방을 나간 뒤 엘리베이터를 탔다.

5-4

조용히 이틀이 지나갔다. 하지만 그 형사들은 사흘째 되는 날 아침 병원 문이 열리는 시간에 여러 명의 수사관들과 함께 다시 병원으로 찾아왔다.

"법원의 영장을 집행하러 왔습니다. 대표원장님 좀 뵈어야겠는데요." 하고 말하며 나이 많은 형사는 영장을 꺼내 펼쳤다.

"잠시만 기다려주세요." 제일 처음 형사들을 본 외래 코디네이터는 곧바로 P에게 연락했다.

형사들이 아무도 나가지 못하게 병원 입구를 막아선 채 기다리는 동안 P는 1층으로 내려왔다.

"안녕하세요?" 수술복 위에 하얀 의사 재킷을 입은 P는 표정 없이 담담한 얼굴로 인사를 했다.

"네. 안녕하세요? 오늘은 영장을 가지고 왔습니다. 범인 은닉과 도피에 관한 법률에 근거하여 지금부터 P 병원을 압수수색을 하겠습니다. 대상물은 병원 차트, 컴퓨터, CCTV 등이 되겠습니다. 대표원장 P는 여기에 참관하실 권리가 있습니다. 그럼 수색에 동의하시겠습니까?"

"영장을 가지고 오셨으니 동의해야겠네요."

"여기 서명해주십시오."

P가 의사 재킷의 가슴 포켓에서 볼펜을 꺼내 형사가 내민 서류에 서명하자 수사관 몇 명은 뛰다시피 의무기록실과 원무과로 진입했다. 그리고 몇 명은 병원 현관의 출입을 막기 위해 자동문의 스위치를 끄고서 노란색 테이프를 현관 유리문에 붙이기 시작했다.

"그리고 수색이 끝난 후 원장님께서도 저희와 동행해주셔야겠습니다."

"무슨 이유로요?"

"일단은 참고인 자격으로 조사하는 겁니다. 수색을 마칠 때까지 어디 가시지 말고 병원 안에 계셔주시면 고맙겠습니다."

"알겠습니다. 그럼 마치는 대로 알려주십시오." 이렇게 말하고

P는 자신의 사무실로 올라갔다.

　수사관들 차트 보관장에서 수많은 차트들을 뒤지고 어떤 기준인지는 알 수 없었지만, 상당량의 차트를 독수리 마크가 그려진 파란색 플라스틱 박스에 담았다. 그리고 원무과 컴퓨터에 구식 라디오처럼 생긴 사각형의 기계를 꽂고 데이터를 뽑아내기 시작했다. 또 CCTV의 DVR에도 같은 기계를 꽂고 녹화된 화면을 복사했다. 다른 몇 명은 의국과 P의 사무실에까지 올라와 의사들의 컴퓨터에서 하드디스크를 꺼내었다.

　P는 조사관들이 나간 뒤 수술복을 벗고 다시 양복으로 갈아입었다. 그리고 크게 한숨을 내쉰 뒤 변호사 친구에게 전화를 걸었다.

"여보세요?"

"응. 나야."

"L 자네 말대로 결국 영장을 들고 왔어."

"그럴 것 같았어. 수색을 다 했나?"

"지금 차트랑 컴퓨터들을 조사하고 있어. CCTV 자료도 복사하고 있는 것 같고. 끝나면 나보고 경찰서로 동행해달라는데?"

"영장까지 나왔다면 일단 따라가야 해."

"계속 아무것도 몰랐다고 이야기해도 될까?"

"수사에 협조하지 않으면 죄가 커진다고 할 거야. 그래도 자료를 뒤지는 동안은 잘 모른다고만 해. 혐의를 입증할 흔적을 못 찾을 수도 있으니까."

"네가 좀 나와 줄 수는 없을까?"

"그럼 내가 정리 좀 하고 나갈 테니 가서 변호사를 기다린다고
이야기하고 조사를 좀 미뤄봐."

"알겠어. OO 경찰서에 가서 기다릴게."

"너무 위축되지 마. 기 싸움에 밀리면 더 의심하기 시작하니까."

"알았어."

"원장님 여기 이 사람 보이시죠?" 형사는 유치장 바로 옆의 조
사실에서 노트북을 켜 병원 CCTV에서 복사한 화면을 보여주며
물었다. 컴퓨터에서는 그 첫 환자가 병원 문을 처음 들어서는 화
면이 비치고 있었다.

"여기 이 사람이 7월 18일 오후 2시경 방문해서 그다음 날 수
술을 받았습니다."

"……." P는 아무 말도 하지 않았다.

"혹시 이 사람이 이 사진 속의 인물과 동일인인지 확인해줄 수
있습니까?"

"제가 변호사 친구를 불렀거든요. 조금만 더 기다려주십시오."
사진을 건네받으며 P가 말했다.

"알겠습니다. 그럼 친구분이 오시기 전까지 간추린 화면을 같

이 보시죠."

형사는 이미 편집해 놓은 화면들을 연이어 틀었다. 화면 속에는 P의 얼굴이 보였고, 수술장 입구까지 걸어 들어가는 그 환자의 모습도 다 보였다.

'녹화된 시점이 몇 달 전인데 저걸 어떻게 다 복원을 했지?' P는 도무지 이해할 수 없었지만 붉어진 얼굴을 하고 형사와 같이 그 화면들을 볼 수밖에 없었다. 연이어 두 번째, 세 번째 환자의 동영상도 화면에 비쳤다.

드디어 친구가 조사실로 들어왔다. "안녕하세요? 변호사 L이라고 합니다. 죄송한데요. 잠시 저희끼리 이야기를 나눌 수 있을까요?"

"네. 그러시지요." 형사는 의자에서 일어나 방 밖으로 나갔다.

"어디까지 진행이 된 거야?"

"응. CCTV에 그 환자와 내가 다 찍혔더라고 몇 달이나 지나 다 지워진 줄 알았는데 형사들이 다 복원을 한 것 같아."

"디지털 포렌식으로 복원한 거구나. 어쩔 수 없지."

"디지털 포렌식?"

"응. 이거 뽑아낸 기술. 아무튼, 원하는 건 뭐래?"

"화면에 나타난 사람이 이 사진에 있는 사람과 동일인인지 물었어."

"이 사진이야?" 친구는 책상 위에 놓인 사진들을 집어 올리며 물었다.

"응."

"이 사람이 맞아?"

"……." P는 대답 없이 고개만 살짝 끄덕였다.

"중요한 건 네가 구속되지 않는 거야."

"그럼 어떻게 해야 해?"

"그들이 원하는 대로 확인해줘."

"인정하라고?" P의 목소리가 높아졌다.

"그럼 어떻게 해 물증이 나왔는데."

"인정하면 범인들을 은닉·도피시킨 거가 되잖아. 보면 알겠지만, CCTV 화면이 해상도가 낮아서 흐릿해. 게다가 범인들은 계속 치밀하게 모자에 마스크까지 쓰고 있고."

"그래? 그럼 화면을 같이 보고 판단할까?" L이 말했다.

"그러던지. 내 생각에 증거 능력은 없을 거 같은데."

"수술 전후 사진은 어떻게 됐어? 찾아냈대?"

"그건 아직 이야기가 없어." P가 대답했다.

"그래?"

"무슨 기술로도 찾아낼 수 없을 거야. 아예 처음부터 사진을 안 찍었거든."

"그럼 일단 형사에게 CCTV 화면을 다시 보자고 하자." L이 일어나 문을 열고 나가 기척을 하고 돌아왔다.

다시 형사가 들어왔다.

"CCTV 화면을 다시 보고 싶으시다고요?"

"네. 저도 한번 봐야 하겠고요." L이 대답했다.

"좋습니다. 보여드리죠." 형사는 노트북에서 동영상을 다시 틀어주었다.

P는 L이 화면을 보는 동안 동영상을 꼼꼼히 살펴보았다. '정말 집요하게 얼굴을 가리고 있어서 개인 식별은 안 될 것 같은데…….'

편집된 화면이 끝나자 형사가 다시 물었다. "그럼 다시 질문드리겠습니다. 화면의 이 모자 쓴 사람이 이 사진의 인물과 같은 사람입니까?"

"죄송한데요. 잠시 자리를?" L이 말했다.

"네. 네. 좋습니다. 대신 시간은 5분만 드리겠습니다."

"감사합니다." 형사가 나가자 L이 말했다. "인정하는 게 나을 것 같다."

"왜?"

"우릴 떠보는 거야."

"뭐라고?"

"생각해봐 이자들이 너희 병원에 온 건 어떻게 알았겠어?"

"그들을 미행했거나……."

"아니야. 미행했다면 그때 병원 앞에서 기다리고 있다가 잡았겠지."

"그럼?"

"뒤늦게 발각된 그놈들의 주거지에서 공공도로나 교통기관 속의 CCTV를 추적해와서 목적지가 병원인 걸 알았을 거야."

"그래?"

"그 추적 내용은 안 밝히고 널 시험하는 거야. 한통속인가 하고."

"정말?"

"인정해. 그래야 오히려 이 문제로부터 자유로워질 수 있어."

"진짜? 인정하는 수밖에 없는 거야?"

"저들이 원하는 건 너를 은닉·도피죄로 구속하는 게 아니야, 범인들을 잡는 거지."

"알겠어. 시키는 대로 할게. 정말 수술해 준 걸 인정해도 난 죄가 안 되는 거겠지?"

"있어 봐."

L이 다시 밖으로 나갔다가 형사와 함께 들어왔다.

"다시 묻겠습니다. 자, 이 사람의 얼굴을 수술해줬습니까?" 형사가 사진 한 장을 들고 물었다.

P가 L의 얼굴을 쳐다보았다. L은 고개를 끄덕였다.

"네. 제가 수술을 해줬습니다."

"그렇군요. 진작 말씀해주셨으면 좋았을 텐데요."

"……."

"좋습니다. 그럼 이제 본론을 이야기하지요. 이 환자의 수술 후 얼굴 사진을 저희에게 제공할 수 있습니까?"

"그건……, 불가능합니다."

"어허, 범인 은닉·도피죄는 범인의 발견 및 체포를 방해하는 일체의 행위를 한 경우에 적용됩니다. 예를 들어 변장용 도구 및 의복을 제공하는 행위 등이죠. 알고 계십니까?"

"네. 그렇지만." P가 말했다.

"당신은 그보다도 더 위중한 변장 성형을 제공했습니다. 영구적으로 얼굴을 바꿔 수사를 불가능하게 해버린 것이죠. 거기에다 변장 성형 후의 얼굴 모습을 저희에게 제공하지 않겠다면 이것은 가중 처벌을 받을 수도 있습니다."

그때 "잠깐만요. 이건 이야기가 다르지 않습니까?" L이 말했다.

"아뇨, 이야기가 달라진 것은 그쪽입니다."

"수사에 적극 협조해야 하는 것이 시민의 의무겠지만, 만약 이자가 어떤 범죄를 저질렀는지를 인식하지 못하고 수술을 해주었다면 범인 은닉·도피죄 자체가 성립 안 되지 않습니까?" L이 손사래를 치며 말했다.

"그건 차차로 다투어 봐야 할 겁니다. 지금 보시다시피 병원에 처음 들어올 때부터 모자와 마스크를 쓰고 이렇게 얼굴을 감추는 자라면 중범죄를 저지르고 도피를 위해 수술을 받으려 한다는 것은 누가 봐도 뻔한 사실입니다. 게다가……."

"뭡니까?"

"게다가 평상적인 금액보다도 10배나 많은 금액을 받고 수술을 진행했더군요."

"네?" L이 놀라며 물었다. "사실이야?"

P는 아무 말이 없었다.

"그건 이자가 범죄자라는 것을 인식했을뿐더러 그런 취약한 입장을 적극적으로 이용해 수가를 매겼다는 것을 의미합니다." 형사는 이렇게 말하며 7월 19일의 현금 영수증 복사본을 둘 앞에 내놓았다.

L은 놀란 눈으로 P를 바라보았다. P는 양쪽 귀가 새빨갛게 붉어진 채 영수증을 들여다볼 뿐 아무 말도 하지 못했다.

5-5

조사를 받고 경찰서에서 나온 P와 L은 감청색 제복을 입은 경찰들이 오고 가는 주차장 한쪽에 세워둔 L의 차에 함께 탔다.

"이렇게 된 거. 그자들이 범죄를 저지르고 온 건지를 전혀 몰랐다고 끝까지 주장해야 해." 안전띠를 매며 L이 말했다.

"실제로도 무슨 죄를 지었는지 몰랐어. 어떻든 밖으로 나가자." P는 손으로 경찰서 정문을 가리키며 말했다.

"알겠어."

"사실이라니까. 지금도 우린 그자들의 죄목을 모르고 있잖아. "

"그렇긴 하지"

"버티기로 해결이 될까? 괜히 인정한 거 아닐까?" P가 물었다.

"수사의 편의를 위해 그러는 거지 끝까지 널 범인 도피죄로 걸겠다는 것은 아닐 거야."

"근데 내가 그자들 사진을 안 찍었다는 걸 왜 안 믿어주지?"

"네 행동이 의심스럽긴 하지." L이 검지로 이마를 긁으며 말했다.

"어떤 점이?"

"3억이라는 수술비를 아무에게나 받을 수 있는 건 아니잖아."

"성형수술비는 정해진 수가가 있는 게 아니야."

"그렇기는 하지만 생각해봐, 네가 그들과 공모해서 정말로 큰돈을 받고 도주하는 걸 도왔다고 생각하면, 일부러 모든 자료를 없앴다고 생각하는 것이 당연하지 않겠어?"

"정말 억울하네. 혹시 그자들 조폭인가?"

"글쎄. 모르지 더한 중범죄를 저지른 일당일지도. 일단 귀가하라고 했으니, 다시 부를 때까지 우린 사진을 찾아보는 척하고 반응을 보는 수밖에."

"그냥 이렇게 기다려?"

"저들도 압수한 하드디스크들에서 그자들의 전후 사진이 나오나 열심히 뒤져보겠지. 그러나저러나 수술비를 어떻게 3억씩이나 받았어?"

"그게. 말이야. 그자가 얼굴 전체 수술비의 10배를 내겠다고 했는데 하필 그때 큰돈이 필요해서."

"무슨 일로?"

"성형 메이크오버 쇼 알지? 그 출연 협찬비가 딱 3억이었어."

"그랬구나. 그 덕분에 오랜만에 네 얼굴을 보긴 했네. 3억이 평상시 수술비는 아니었다는 거지?"

"그래. 안면윤곽과 눈, 코 성형을 다 하고 얼굴을 완전히 바꾸려면 3천만 원 정도 나오기는 해."

"그렇게나?" L은 눈을 번쩍 뜨며 물었다.

"큰 금액이긴 하지. 임대료, 대출이자, 광고선전비가 절반 이상이 넘어서 그렇지. 거기다 직원들 봉급에 4대 보험료, 기계 리스비, 재료값까지 빼면 남는 거 그렇게 많지 않아."

"어렵구나."

"특히나 광고비가 너무 많이 들어. TV 쇼에 나가는 게 3억이라니깐."

"쉽지가 않구나, 성형외과."

"너에게 괜한 넋두리했다. 바쁠 텐데, 오늘 와줘서 고마워. 가다가 난 지하철역에서 내려줘."

다음 날 아침, P는 병원에 출근했다. 전날의 압수수색 때문인지 병원 분위기는 착 가라앉아 있었다. 사무실로 올라간 P가 커피 한 잔을 부탁하고 책상에 앉아 한 모금 마실 무렵, 인터폰이 울렸다.

"원장님. 경찰에서 등기 우편이 왔는데요."

"경찰에서?"

"네. 원장님께 직접 전달해야 한대요. "

"그래요? 올려 보내주세요."

잠시 후 집배원은 빨간색 가방을 메고 P의 방으로 들어와 누런 종이봉투를 전해주고 서명을 받아갔다. P는 그자들 문제로 온 것인가 하며 봉투를 열어보았다.

"공갈 · 협박에 대한 고소장을 접수하여 출석을 통보함? 이건 또 뭐지?" P는 안경을 벗고 눈을 비비고서 다시 서류를 들여다보았다. 그리고 그는 책상에 놓인 겉봉투를 다시 뒤집어 보았다. 분명 자기 이름 앞으로 온 것이었다.

"도대체 내가 왜 이 친구에게 공갈·협박을 한단 말이지? 이건 뭔가 크게 잘못된 거야."

그는 L에게 전화를 걸었다. "여보세요? 난데. 아침부터 미안해."

"아냐. 경찰에서 그새 또 연락이 왔어?"

"아니, 그게 아니고. 경찰에서 또 다른 혐의로 출석통지서가 와서."

"그건 또 무슨 소리야?"

"가수 S 알지?"

"응. 알지."

"내가 가수 S에게 성형수술을 받은 사실과 수술 전후 사진을 공개하겠다며 공갈·협박을 했다는 거야. 나와 전화 연락이 안 돼서 출석통지서를 보낸 거래."

"뭐라고? 이게 웬일이야?"

"그러게. 이렇게 황당한 일이."

"너 정말 그랬던 건 아니지?" L이 물었다.

"무슨 소리. 내가 그럴 이유가 없잖아." 그는 전화기에 갖다 대고 있던 머리를 흔들며 말했다. "나 원, 이런 벼락같은 일이 왜 연이어 터지지?"

"일단 최근에 원한을 산 일은 없는지, 이런 일을 꾸몄을 때 이득을 얻는 사람이 누군지 생각해봐."

"좀 도와줄 수 있지?"

"출석일은 언제야?"

"내일모레."

"알겠어. 아침이야?"

"응. 9시"

"어 이런, 그날 아침에 공판이 있는데. 안 되면 동료 변호사라도 보낼게."

"알겠어. 고마워."

전화기를 내려놓았지만, P의 심장은 아직도 쿵쾅거렸다. 전화기를 쥐었던 손은 땀에 흥건히 젖어 티슈로 닦아야 할 정도였다.

5-6

"여보! 여보! 여기 와보세요." 안방에서 드라마를 보고 있던 아내가 P를 불렀다.

"왜? 뭔데?" 서재에 있던 P는 느릿느릿 안방으로 들어갔다. "연예인 누가 결혼이라도 한대?"

"그게 아니고요. 이리 빨리 와서 뉴스 좀 보세요."

"어디?"

"좀 기다려보시라니까요." 다른 헤드라인 뉴스가 지나갈 때까지 둘은 TV 화면에서 눈을 떼지 못했다. 그리고 다시 앵커가 첫 뉴스를 보도했다.

"우리나라를 대표하는 가수 S양이 자신을 수술해준 성형외과 의사로부터 성형 사실을 폭로하겠다는 협박을 받아 그 의사를 경찰에 고소했다고 오늘 공개했습니다. 해당 의사는 최근 케이블 TV에서 가장 인기 있는 성형 메이크오버 쇼 출연으로 유명한 모 성형병원 원장이어서 충격은 더 큽니다."

P의 얼굴이 하얗게 질려있었다.

"경찰에 의하면 얼굴 윤곽수술의 명의로 널리 알려진 해당 원장은 연습생 시절에 찍은 수술 전후 사진까지 인터넷 매체에 넘기겠다고 S양을 지속적으로 협박하여 수억 원의 금액을 갈취하려한 혐의를 받고 있다고 합니다. S 측에서는 어떻게 의사가 자신의 환자를 상대로 이런 일을 벌일 수 있냐며 분노하고 있다고 합니다."

"이거 혹시 당신 이야기에요?" 아내는 P의 얼굴을 보며 물었다.

"응." P는 화면에서 계속 눈을 떼지 않고 대답했다.

"국내 최대 규모로 알려진 17개 층 규모의 병원을 경영하고 있는 대표원장인 그가 이런 범행을 한 동기는 아직 알려지지 않고 있습니다. 업계에서는 병원 설립을 위해 얻은 채무 때문이 아닐까 하는 추측을 하고 있는 것으로 알려졌습니다. P 원장은 S 씨의 개인 휴대전화에 수십 차례 협박 문자를 넣은 것으로 알려졌습니다."

"설마 당신이?"

"무슨 소리. 아니야." P는 고개를 흔들며 대답했다. "누군가 나를 사칭해서 일을 벌인 것 같아."

"여보 저기 당신 얼굴까지……."

"아이, 참." 그는 고개를 더 빠르게 좌우로 흔들었다.

"도대체 누가 저런 짓을 한 거예요?"

"S가 나에게 수술받은 걸 아는 사람이겠지."

"정말 당신은 아니죠?"

"어허, 정말 아니라니까." 그의 호흡이 점점 거칠어졌다. "병원 직원 중에 진범이 있나 의심하고 있어."

"직원이요?"

"직원이 아니면 S의 개인 휴대전화 번호를 알 사람이 없거든."

"그래요?"

"연예인들은 자기 휴대전화 번호 절대 공개 안 해. 치료 때문에 통화해야 하니까 병원에다가는 진짜 번호를 알려주지만."

"여보 도대체 누굴까요?"

"그걸 모르겠어, 내일모레까지 경찰에 나오라는데." P는 한숨을 내쉬었다.

"그럼 가서 결백을 증명해야 하잖아요. 도대체 누가?"

"그래서 안 그래도 고민 중이었어. 돈이 아주 궁했거나 아니면 나에게 원한을 가진 사람일 것 같아."

"당신에게 원한을 가질 사람이 어디 있어요? 이런 일은 경찰이 알아봐야 하는 거 아니에요?"

"그렇기는 하지. 그런데 내가 보낸 것처럼 문자를 보냈으니까 당연히 날 의심하고 있어. 어떻든 내 결백을 꼭 증명해야 하는데……."

"누가 도와줄 사람은 없을까요?"

"그래서 변호사 하는 고등학교 때 친구에게 도움을 청했어."

"실력은 좋아요?"

"그렇지. 그런데 저런 뉴스를 사실 확인도 없이 언론에서 막 공개를 해도 되는 건가? 이건 명예훼손이잖아."

"그러게요. 성형 프로그램에 나왔던 당신 얼굴까지 띄웠던데." 아내는 얼굴을 찡그리며 말했다.

"병원에 나쁜 영향을 미칠까 걱정이네."

"그러게 말이에요. 변호사 친구에게 그것도 꼭 의논해봐요."

"알겠어."

그는 이를 닦고 잠자리에 누웠지만 흥분된 가슴은 가라앉지 않았다. 안경을 벗고 눈을 감았지만, 아무리 애써도 화면에 떠 있던 자신의 얼굴만 떠오르고 잠은 오지 않았다.

5-7

다음 날 아침, P는 외래 직원들을 포함한 모든 직원이 그의 눈치를 살피는 와중에 로비를 지나, 엘리베이터를 타고 사무실로 올라갔다. 잠을 제대로 자지 못해 졸리고 몽롱한 상태로 책상에 앉자마자 인터폰으로 전화벨이 울렸다.

"원장님, 상담부장입니다. 드릴 말씀이 있는데요."

"그래요? 방으로 올라오세요."

"네."

몇 분 후 H가 올라왔다.

"원장님. 오늘 수술 예약 19개가 취소됐습니다." H는 빨간색 갈매기 표시를 한 스케줄 표를 보며 말했다.

"뭐라고요?"

"어제 뉴스 때문에……."

"그렇게 빨리?"

"네. 뉴스가 나온 직후부터 시작된 취소 전화가 오늘 오전까지 이어져서……. 남은 수술도 아마 오전 중에 모두 취소될 것 같습니다."

"이럴 수가! 이걸 어쩌지?"

"문제는 오늘 수술뿐 아니라 이번 달에 예정되어 있던 수술들도 취소 전화가 오고 있어서……."

"일단 전화 응대 매뉴얼을 좀 만드세요. 어제 언론에 보도된 뉴스는 사실 확인도 되지 않은 일방적인 주장이며, 해당 언론사도 명예훼손으로 고소할 거라고 말이에요."

"그런데 환자들이 그걸 믿어줄까요?"

P가 고개를 확 쳐들며 물었다. "부장님. 지금 그럼 그 뉴스를 사실이라고 생각한다는 거예요?"

"아뇨. 원장님 그런 뜻이 아니라, 환자들 입장에서는 똑같이 성형 전후 사진 유출 때문에 걱정할 거라는……." H는 두 손으로 손사래를 치며 말했다.

"부장님. 딴소리하지 말고 내려가서 대응 매뉴얼이나 빨리 만들어서 상담실장들 연습시키고, 수술 취소를 최대한 줄이세요."

"알겠습니다."

P는 휴대전화기를 들고 L에게 전화를 걸었다.

"응. 나야. 문제가 커졌는데."

"그래, 나도 뉴스를 봤어."

"결백을 증명하는 것만 문제가 아니라, 병원에 와보니 수술이 다 취소되고 있어."

"그래? 언론이 참 무섭군."

"이거 언론사에 명예훼손에 대해 피해보상까지 제기해야 하는 것 아니야?"

"그건 또 다른 문제야. 일단 언론중재위원회에 문제를 제기하고 조정이 되지 않을 경우에 소송으로 가야 해."

"시간이 오래 걸리겠군?"

"그렇지. 게다가 요즘엔 공익에 해당하는 사안이라고 판단하면 국민의 알 권리를 더 중요하게 판단하는 경향이 있어서 이걸 가지고 언론사를 상대로 피해보상을 받기는 어려울 거야."

"그럼 사실이 아닌 일로 우리 병원은 망해도 되는 건가?"

"일단 소나기는 피해 가야 하니까 해명 내용을 홈페이지 같은 곳에 올려, 그리고 진범을 빨리 찾아내서 경찰에 알리자고."

"그게 쉽지 않아."

"S의 개인 휴대전화 번호를 알 수 있는 사람은 병원 직원 중에 누구누구일까?" L이 물었다.

"일단 예전에 수술할 당시의 상담실장하고 간호사들이 있겠고."

"몇 년 전 일하던 사람들이겠네?"

"응. 그리고 최근에 병원이 확장 오픈하고 그 이후에는 차트를 전산으로 처리한 사람들도 알 수 있겠지."

"우선 그런 사람들을 대상으로 의심되는 사람들을 좀 추려봐. 오후에 내가 병원으로 나가볼 테니까."

"알겠어. 고마워."

"일단 직원들이 눈치채지 못하게 해야 하는 건 알지?"

"응. 그래 볼게."

전화를 마칠 무렵 Y와 J가 사무실로 들어왔다.

"형, 이게 무슨 일이래요? 사실이 아니죠?" Y가 물었다.

"형, 수술이 계속 취소되고 있어요." 출근 직후 바로 올라왔는지 청바지에 재킷을 입은 J도 물었다.

"그래. 누명을 쓴 거야. 도대체 누가 이런 모함을 한 건지 모르겠어."

"혹시 경쟁 병원일까요?" Y가 물었다.

"글쎄 그렇게 생각해?"

"경쟁이 아무리 심해도 설마 이 정도로 무모한 병원은 없겠죠?" Y가 대답했다.

"그렇지는 않을 거예요. 그러나저러나 수술이 이렇게 취소되는 것 소문나면 돈을 빌려준 사람들이 모두 그냥 있지는 않을 텐데……." J가 말했다.

"어찌 되었든, 만나는 사람들 모두에게 누명이라고 이야기하고 전화를 좀 해줘."

"형, 그런 식으로 해서는 해결 안 돼요." Y가 말했다.

"그럼?"

"인터넷에서 뉴스 밀어 내리기를 해야 해요."

"그건 뭐야?" P가 인상을 찡그리며 물었다.

"인터넷 포털에 우리 병원 이름 치면 계속 이 뉴스들이 맨 위에 뜰 거 아녜요? 검색하고 병원에 오려던 환자들은 그걸 보고 예약을 취소할 거고."

"그렇지."

"그래서 그와 관련 없는 새로운 뉴스를 계속 만들어 올려서 그 뉴스들이 밑으로 밀려 내려가도록 해야, 새로운 환자들이라도 그걸 못 보죠."

"그걸 어떻게 하는데?"

"어쩔 수 없이 외주를 줘서 건강 상식 뉴스를 잔뜩 만들어 올리는 거예요."

"해봤어?"

"네. 이전 병원에서 비슷한 일이 있을 때 그렇게 했어요."

"그럼 Y가 맡아서 서둘러줘."

"알겠어요."

"그리고 J는 진범을 찾는 거 좀 도와주고."

"진범이라면?"

"내부자의 소행일 것 같아."

"왜 그런 생각을?"

"S의 진짜 개인 휴대전화로 문자가 간 모양이야. 그렇담 환자 개인정보에 접근 가능한 사람이 범인이겠지."

"끔찍한데요. 그럼 우리가 형을 사칭해서 거액을 갈취하려는 직원과 같이 일하고 있는 거예요?" J가 물었다.

"퇴사한 직원일 수도 있고." P가 말했다.

"그 당시 수술할 때 개인 전화번호를 갖고 있다가 인제 와서 S를 협박했을까요? 아마도 지금 같이 일하는 내부자의 소행일 듯해요." Y가 말했다.

"흠, 마음만 먹으면 전산으로 차트를 들여다보는 건 어느 직원이든 가능할 텐데."

"그렇죠." Y가 말했다.

"하루 만에 범인을 어떻게 찾아내지? 내일 경찰에 나오라는데." P는 한숨을 내쉬며 말했다.

"형, 일단 보직자 회의를 해서 범인을 찾아봐요. 우린 직원 모두의 사생활을 모르지만, 부서장들은 직원들 개인 사정을 다 알고 있을 거예요. 그러라고 계속 회식비를 그렇게 많이 지원한 거잖아요." Y가 말했다.

"그렇지. 좋아, 그럼 Y 네가 회의 좀 소집해줘." P가 말했다.

5-8

P는 Y, J와 함께 12층 회의실에서 보직자 회의 시작을 기다렸다.
시간이 되어 회의실로 들어온 외래 상담부장, 수술부 간호부장,
원무부장, 홍보부장, 총괄 사무장까지 모두 먼저 와 앉아 있는 P
의 눈치를 보며 자리에 앉았다.

"어제 뉴스로 우리 병원이 처한 어려운 상황은 모두 알고 계시
겠죠?" P가 말문을 열었다.

"……." 아무도 말이 없었다.

"여러분이 다 아시겠지만, 제가 가수 S를 협박해서 돈을 갈취할

사람은 아닙니다. 누굴까요? 협박을 한 진범은? 내일 경찰에 출석해야 하는데 진범에 대한 단서라도 가지고 가고 싶습니다. 과연 누가 이런 일을 벌였을까요? 어떤 아이디어가 있으시면 말씀해주세요."

아무도 아무 말도 하지 않았다. 어색한 침묵이 계속 흐르자 P가 말했다. "사무장님 한 말씀 하시죠."

"원장님 혹시 범인이 우리 직원 가운데 있다고 생각하시는 겁니까?" M이 말했다.

"네. 안타깝지만, S는 유명 가수라 개인 휴대전화 번호가 일반에 공개될 리 없죠." Y가 말했다.

"그렇다고 꼭 우리 직원 중에 범인이 있다고는 할 수 없는 것 아닌가요?" 상담부장 H가 말했다. "거액을 요구한 것을 보면 경제적인 어려움이 있는 사람이 그런 실수를 했을 것 같긴 한데요."

"그런데요?" P가 되물었다.

"설사 경제적으로 어려운 직원들을 우리가 안다고 해도 그걸 의심하고 추궁했다가는 모두 단체로 사표를 쓸 것 같은데요?" H가 말했다.

"그럼, 상담부장님은 불가능하단 말인가요?" Y가 물었다.

"저는 말 못 할 것 같아요. 경찰이 와서 수사한다면 모를까 직원들끼리 서로 어려운 사정을 이야기한 것을 가지고 고발하고 했다가는 퇴사까지는 몰라도 직원 전체의 사기가 더 떨어지고 말 겁니다." H가 말했다.

"쉽지 않군요. 내일 저는 경찰에 출석해야 하는데 그럼 어떻게 해야 하죠?" P가 물었다.

"원장님 지금 안 그래도 수술들이 모두 취소되고 있어서, 직원들이 동요하고 있습니다. 상황은 이해가 됩니다만 직원들을 의심하는 것은 좀 자제해주셨으면 좋겠습니다." 원무부장이 말했다. "특히나 저희 같은 경우는 일일 결산이 만 원이라도 틀리면 의심받기 싫어서 자기 돈을 넣고 퇴근하는 직원들도 있는데, 이런 일로 의심을 받는다면 아마 전원이 다 동요할 것 같습니다."

"알겠습니다." P가 미간을 찌푸리며 말했다. 잠시의 침묵 후 그는 "내가 경솔했군요. 내일 경찰에 출석해서 좀 더 자세한 정황을 파악하고 다시 회의하겠습니다. 오늘은 이걸로 끝냅시다."라고 말했다.

모두 조용히 일어나 흩어져 자신의 자리로 돌아갔다. P는 자신의 사무실로 돌아가 마우스를 움직이며 컴퓨터 모니터만 바라볼 뿐이었다.

P는 자신이 언급된 뉴스들이 화면에 떠 있는 것을 바라보다가 생각했다. '내가 주는 월급을 받으면서, 내가 누명을 썼는데 이런 식으로 나오다니. 난 리더십이 없는 걸까? 아니면 사람들은 원래

이기적이라 이러는 게 정상인 걸까?'

그는 공연히 책상 서랍을 열었다가 도로 닫았다. 뭔가를 찾으려 한 것 같았는데 도저히 생각이 나질 않았다.

'지금 직원 중에는 정말 없을까? 내게 앙심을 품은 사람이? 그럼 혹시 퇴사한 사람 중에서?' 그는 고개를 숙인 채 이마를 쓰다듬었다. '최근에 퇴사한 사람이라곤 두세 명인데. 아, 그럼 혹시?'

P는 자기에게 일방적으로 좋아한다며 개인적으로 만나달라고 계속 문자를 보냈던 상담실장을 떠올렸다. '그래, 걔라면 이런 누명을 씌울 수도 있을 거야. 자기 마음을 안 받아줘서 퇴사했으니.'

그때 인터폰 벨이 울렸다. "원장님, 상담부장님이 오셨는데요."

"그래요? 들어오시라고 해요."

H가 느린 걸음으로 P의 방으로 들어왔다.

"앉아요."

"죄송합니다."

"뭐가요?"

"보고드릴 것이 있어서."

"어떤 보고?" P는 내심 H가 협박범을 찾는 것을 도와주겠다는 이야기를 하려나 하고 기대했다.

"지난번에 안검하수로 문제가 있었던 환자 기억하시죠?"

"손 바꿔서 재수술해준 환자?"

"네. 환불을 원했는데 겨우 설득해서 재수술을 해줬지요."

"그런데요?"

"그 환자가 눈이 더 안 떠진다면서 계속 상담실장 C에게 불만을 이야기하고 휴대전화로도 계속 괴롭혔는데요."

"그런데요?"

"오늘 C가 출근을 안 했기에 전화를 해보니……."

"해보니까요?"

"경찰이 받더라고요."

"경찰이?" 그의 목소리가 높아졌다.

"욕실에서 샤워기 걸이에 목을 매고 자살을 했다고……."

"뭐라고요?"

"……."

"어떻게 이런 일이."

"죄송합니다."

"법무팀과 연결을 했어야죠."

"법무팀과도 연결했는데요, 환자는 배상을 원하는 것이 아니라 의료인 자격도 없으면서 아무렇게나 진단을 해서 눈을 망쳐 놓은 실장에게 원수를 갚겠다고……."

"어휴, 어떻게 이런 일이……." P는 연거푸 한숨을 내쉬었다.

"죄송합니다. 그놈의 잘못된 인터넷 정보 때문에……"

"나가보세요. 그리고 부모들하고 연락이 되면 내가 직접 만나 사과를 하겠다고 이야기하세요."

"죄송합니다." H는 고개를 숙인 채 P의 방을 나갔다.

"아, 잠깐."

"네?"

"절대로 이 사실을 외부는 물론 병원 내부 사람들에게도 이야기하지 마세요. 이미 이야기한 건 아니죠?"

"아뇨. 원장님. 원장님께 처음 말씀드리는 거예요."

"괜히 이상한 소문 돌면, 매출 떨어지니까. 그리고 상담사들 동요하면 안 되니까 절대로 알려지지 않도록 주의하세요."

"알겠습니다."

5-9

다음 날 아침 9시 P는 차를 몰고 경찰서로 향했다. 여러 가지로 놀란 마음을 진정시키려고 평소 출근을 할 때 듣던 라디오 방송을 켰다. 스피커에서 흘러나오는 귀에 익은 디제이의 목소리가 그렇게 정겹기는 처음이었다.

'신분이 멀쩡한 사람인데 설마 별일 있겠어? 내가 공갈·협박 전과가 있는 것도 아니고.' 그렇게 생각하니 마음이 좀 놓였다. 이젠 익숙해져 버린 주차장에 차를 대고 현관을 올라가 민원창구를 지나, 가슴 높이의 안내 데스크 뒤에 있는 직원에게 출석통지서를 보여주었다.

"잠시 대기석에 기다리시지요."

"네." 하고 대답하고 그는 의자에 앉았다. '왜 하필 지금? 아무리 힘들었다고 해도 왜 그런 극단적인 결심을 했을까? 상담사에게 초진 상담을 시키자고 할 때 그때 말렸어야 했어. 업계 전체가 다 그렇게 한대도, 내 생각대로 갔어야 해. 왜 그냥 따랐을까? 이젠 모든 첫 상담은 의사들에게 시켜야 할까? 아냐, 그럼 상담사 모두 다 이 사건을 알게 되고, 책임질 일은 안 하겠다고 할 텐데. 그러나저러나 부모에게는 도대체 뭐라고 하지?'

잠시 후 지난번과는 다른 형사가 나와 P에게 말했다. "안녕하십니까? P 님 되시지요?" 하고 인사를 건넸다.

"네. 그렇습니다."

"저는 D 형사입니다. 우선 이쪽으로 오시지요."

"네." 그는 조용히 형사를 따라갔다. 그는 좁은 통로를 지나 지난번과는 다른 방으로 안내되었다. 이 방은 좀 더 어둡고, 한쪽 벽은 검은 유리로 덮여 있었다.

"앉으시죠."

"우선 인적사항부터 확인하겠습니다. 신분증 먼저 주시지요."

"형사님. 죄송한데요. 바로 시작해야 하나요? 제 변호사가 오전에 공판이 있어서 대신 다른 변호사를 보낸다고 했는데 아직 안

왔습니다. 좀 기다려주시면 안 될까요?"

"지금 상황의 심각성을 잘 모르시나 본데요. 피의 사실이 공갈
· 협박죄에 해당하기 때문에 형사입건 대상입니다. 미리 시간을
알려드리지 않았습니까? 사전에 조정했다면 모를까 일단은 정해
진 시간에 기본 조사라도 먼저 진행해야 합니다."

"형사님. 마치 저를 죄인 취급하시는데요. 전 결백합니다."

"그렇다면 더 거리낄 것이 없겠군요." 형사는 노트북 컴퓨터에
띄워진 보고서 양식에 P의 이름과 주소를 물으며 작성을 시작하
려 했다.

"그럼 죄송한데 전화 한 통만 써도 되겠습니까?"

"간단히만 하십시오." 형사는 얼굴을 들지도 않은 채 고개를
갸웃거리며 대답했다.

P는 L이 보내준 문자에 나온 전화번호를 눌렀다. "여보세요? 변
호사님 아직 도착 못 하셨죠? 네. 그럼 안내 데스크에서 D 형사님
을 찾으세요. 네. 네." P는 전화를 끊고 말했다. "거의 다 도착했답
니다. 조금만 기다려주세요."

"좋습니다. 그럼 여기 계십시오." 형사는 노트북 컴퓨터를 덮고
는 그걸 들고 밖으로 나갔다. 문을 열자 술에 취해 어제 새벽 연행
되어 온 사람들이 잠에서 깼는지 유치장에서 소리치는 사람들과
형사들이 만드는 소음이 저 멀리서 밀려왔다. 그리고 잠시 후 다

시 문이 닫히자 취조실 안은 적막이 흘렀다.

그는 책상에 팔꿈치를 괴고 눈을 감은 채 두 손으로 머리를 감싸 쥐었다. '내가 어쩌다 경찰서에 이렇게 붙잡혀 있는 거지? 뭐가 잘못된 걸까? 이러다가 환자가 다 떨어져 나가면 병원은 또 어쩌지?' 그의 마음에 떠오르는 질문들이 끝이 없었다.

그러다가 그는 '아니야. 집중해야 해. 내가 정신을 차리고 모함한 놈을 꼭 찾아내야 해.'라고 생각하며 눈을 뜨고 넥타이를 다시 고쳐 매었다.

한참이 지난 후 형사는 처음 보는 여성과 함께 들어왔다.

"안녕하세요? L 변호사님과 함께 일하는 변호사 A입니다."

"네. 처음 뵙겠습니다." P가 대답했다.

"그럼 시작해도 되겠습니까? 우선 변호사분도 신분증을 주시죠." 형사가 노트북을 켜며 말했다. 잠시 그것을 보고 인적사항을 기재한 후 형사가 다시 말을 시작했다.

"본 건은 가수 S의 고소로 개시되었습니다. 피고 측 입회 변호사께는 피고가 발언하기 전에 의논할 시간을 드리겠습니다. 그리고 조서가 완성되었을 때 발언이 진의에 부합하게 기재되었는지를 확인할 기회를 드리겠습니다. 이것 챙기시고요." D는 신분증을 돌려주었다.

"고소장에 의하면 P 씨는 3개월 전부터 휴대전화로 다수의 문자를 보내 가수 S 씨에게 자신에게 얼굴 성형수술을 받은 것을 폭로하는 것은 물론 수술 전 사진을 인터넷에 유포하겠다는 협박을 하며, 그것을 막는 대가로 5억 원을 요구했습니다. 이런 사실이 있습니까?"

"전혀 사실이 아닙니다." P가 대답했다.

"형사님 고소 내용은 S 쪽의 일방적인 주장인데 혹시 그 문자를 저희가 볼 수 있습니까?" 변호사 A가 물었다.

"휴대전화기 자체를 보여드릴 수는 없습니다. 대신 좀 있다가 문자를 찍은 사진은 보여드리겠습니다."

"S가 P에게 수술받은 것을 아는 사람들이 꽤 될 텐데 왜 그 문자를 보낸 사람이 P라고 생각한 것입니까?"

"기획사 대표의 말로는 문자 내용에 S 양이 실제로 받은 수술 내용이 모두 상세하게 포함되어 있었고, 문자 끝에 자신이 수술한 원장이라고 밝혔다고 합니다. 자 여기 있군요. 보시죠." 형사는 컴퓨터에서 사진을 찾아 띄웠다.

"제가 보낸 것이 아닙니다." P가 말했다. "그리고 제가 보냈다면 제 이름을 이렇게 쓰겠습니까?"

"제삼자가 사칭해서 벌인 범죄라고는 생각하지 않으세요?" A가 물었다.

"저희는 고소·고발이 들어온 이상 조사를 하지 않을 수 없습니다. 요즘 재정 상황은 어떻습니까? 병원을 세우고 나서 빚이 많다고 하던데."

"잠깐만요. 지금 왜 그런 걸 물으세요?" A가 물었다.

"범행동기를 추정하기 위해서 필요합니다."

"답하지 않으셔도 됩니다." A가 P를 보며 말했다.

"묵비권을 행사하시겠다는 겁니까?"

"네." P가 대답했다.

"본인이 쓰고 있는 휴대전화는 몇 댑니까?"

"한 대입니다."

"따로 가지고 있는 전화는 없습니까?"

"없습니다."

"전화기 한번 줘보십시오."

"네. 여기"

"제 번호로 전화를 걸어 봐도 되겠지요?"

"네. 그러세요."

"형사님, 협박 문자를 보낸 발신자 번호를 보여주십시오." A가 말했다.

"여기 보시면 발신자 번호는 없이 보냈습니다." 형사가 화면을 다시 띄우며 말했다.

"이런 번호 다 추적할 수 있지 않습니까?"

"추적 중입니다. 그리고 번호가 피의자 본인의 전화번호가 아니라고 혐의를 벗을 수는 없습니다."

"개인적으로 S와 통화하거나 만난 사실이 있습니까?"

P는 A를 쳐다보았다. A가 가볍게 고개를 끄덕이자 P가 말했다. "수술하고 나서 고맙다고 식사하자고 해서 기획사 대표와 함께 저녁을 먹은 기억은 있습니다."

"그게 몇 년 전입니까?"

"수술한 것이 5년이 넘었으니까 아마도 5년 정도 전이겠죠."

"통화한 적은요?"

"그 이후로 통화한 적은 없습니다. 개인적인 친분은 없다니까요."

"묻는 말에만 대답해주세요."

"본인은 계속 무죄를 주장하시는데, 그럼 진범은 누구라고 생각합니까?"

"글쎄요." P가 대답했다.

"그건 경찰에서 수사해야 하는 것 아닙니까?" A가 대답했다.

"그래도 뭔가 집히는 것이 있다면 말해주셔야 저희가 수사를 하는 데 도움이 되겠지요."

"S의 개인 전화번호를 알아낸 사람이라면 우리 병원 직원이나 퇴사한 직원이 아닐까 하는 생각이 듭니다." P가 대답했다.

"병원 직원이요?"

"네. 제가 알기로 연예인들의 전화번호는 아무나 안 알려주는 것으로 압니다. 성형수술을 한 것을 알고, 또 개인 전화번호까지 아는 것은 병원 직원들밖에 없을 것 같아서요."

"좋습니다. 그럼 병원을 방문해서 직원들에 대한 수사도 진행하겠습니다. 협조해주십시오."

"병원에서 수사를 한다고요? 안 그래도 지금 수술 예약이 취소되고 있는데 병원으로 들어와서 수사를요? 그건 안됩니다." P가 깜짝 놀라 말했다.

"병원의 피해도 생각하시고 움직여야죠." A가 말했다.

"혐의를 벗으시려면 어쩔 수 없습니다."

"그렇담 최소한으로 부탁합니다." P가 다시 고개를 숙이며 말했다.

"알겠습니다."

이러저러한 질문이 계속 이어지고, 시간은 3시간이 훌쩍 넘어 첫 번째 조사가 끝났다.

경찰서 현관으로 걸어 나오며 P가 말했다. "L에게 꼭 오늘 조사 내용을 잘 전달해주십시오. 부탁드립니다."

"네. 걱정하지 마시고요. 선배님께 내용을 빠짐없이 전달하겠습니다."

"감사합니다."

그 순간 어디서 나타났는지 기자들이 P의 얼굴을 카메라로 찍기 시작했다. 정신없이 수십 개의 플래시가 터지고 P는 손으로 눈을 가리고 앞으로 나아갔다.

"가수 S 양을 공갈·협박한 것이 사실입니까?"

"돈 때문이라는데 맞습니까?"

이런 질문들에 대답하지 않고 서둘러 계단으로 내려가려 하다가 P는 그만 발목을 겹질렸다. 그는 무게중심을 잃고 그만 계단에서 쓰러지고, A는 쓰러진 그를 겨우 부축하여 일으켜주었다. P는 인상을 쓰고 다리를 절뚝거리며 차로 이동했다.

"운전은 하실 수 있겠어요?"

"네. 괜찮습니다. 감사합니다."

그는 겨우 차를 빼고 주차장을 나왔다. 하필 겹질린 발은 오른쪽이었고, 그는 발목이 퍼렇게 부어오르는 줄도 모르고 통증을 참으며 겨우 운전을 해 병원이 아닌 집으로 돌아갔다.

5-10

그 넓은 수술장에 오후 내내 수술이 없었다. Y가 수술장 여기저기를 한 바퀴 돌며 수술장 청소 상태에 대해 지적하고 간 뒤로, 초록색 벽들로 둘러싸인 수술방마다 직원들은 하릴없이 벽에 걸린 시계만 보며 앉아 있었다. 그나마 쌍꺼풀이 풀렸다며 재수술을 받으러 온 환자의 수술도 이미 끝난 지 오래였고, 증기 소독기에서 나오는 소리만 공급실 쪽에서 쉭쉭 거리며 들려왔다.

"수술도 없었는데 샤워를 하셨네요?" 수술장 수간호사가 페이닥터 E를 보며 말했다.

"저녁때 약속이 있어서요."

"데이트하시는구나? 땀도 안 흘리고 샤워한 건 반칙 아니에요?" 수간호사는 웃으며 퇴근하려는 듯 작은 손가방에 휴대전화 기며 차 열쇠를 챙기는 E에게 말했다.

"뭐 환자 없는 게 우리 탓은 아니잖아요."

"원장님. 그래도 그렇게 이야기하면 어떻게 해요?"

"사실인데요, 뭐. 마케팅을 하고 환자를 끌어오는 건 대표원장의 능력이지 우리가 어쩔 건 아니잖아요. 하기는 요즘은 거꾸로 대표원장 때문에 수술이 다 취소됐지만."

"어제 부장 회의하러 가서 봤는데, P 원장님 정신이 하나도 없어 보이더라고요. 안 그래도 하얀 얼굴이 완전히 창백해져서."

"그래요?"

"이러다 우리 병원 망하는 건 아니겠죠?"

"설마 망하기야 하겠어요?"

"언론에 병원 뉴스 저렇게 크게 난 건 처음 봐요. 가수 S도 호락호락 물러설 것 같진 않던데."

"그렇긴 하죠. 평소에 성형 미인은 아니라고 공공연히 이야기하던 S였는데, 그걸 공개하겠다고 했으니. 게다가 개인정보 유출에 민감한 시기에 저렇게 협박을 했다니깐……."

"협박은 누가 했을까요?"

"설마 대표원장이 하진 않았겠죠. 그렇게 소심한 사람이 S를 상대로 협박이야 했겠어요? 그럴 사람이 못 돼요." E는 고개를 흔들며 말했다.

"그렇죠? 그런데, 그런 이야기들이 돌더라고요. 우리가 생각하는 것보다 빚이 어마어마해서 겉으로는 표시 안 내도, 속으로 대표원장 셋이 엄청 힘들어했다고요."

"그럼 정말 P 원장님이 협박을 한 거 아녜요?"

"모르죠. 소문에는 사채도 썼다고 하니까. 사람이 빚에 쪼들리고 궁지에 몰리면 어떻게 변할지 모르잖아요." 수간호사가 목소리를 낮췄다.

"근데 직접 만나보니까 생각보다 배짱이 크지 않더라고요, P 원장이. 병원 규모가 이렇게 크지만, 사실 대표원장 뱃심으로 꾸려갈 규모가 넘는 것 같아요."

"그러게요. 지금까지 겪어봤지만 P 원장님만큼 윤리 찾고, 원칙 찾는 원장님은 없었어요. 사업가 스타일은 아니죠."

"왜 이렇게 규모는 키웠대요?"

"업계 최고를 꿈꾸시잖아요. 우리 원장님."

"역시 일류병!" E가 또 고개를 흔들며 말했다.

"최고 의대를 나오고, 모교 부속 병원에서 트레이닝을 받았으니까 당연히 업계 일등을 꿈 꿀만 하죠."

"과연 이 위기를 잘 넘길까요?" E는 시계를 꺼내 차면서 물었다. "수술이 계속 취소되면 못 배겨낼 것 같은데."

"고소 건이 오래가고 재판한다고 어쩌고 하면 정말 힘들 수도 있어요." 수간호사가 대답했다.

"잘못하다 우리 봉급만 깎이는 거 아니에요?"

"글쎄 말이에요. 약속 있으시다더니 퇴근 안 하세요?"

"네? 시간이 벌써 이렇게 됐네요." E는 데스크 위에 놓았던 손가방을 들고 자리를 떴다.

"저도 이제 슬슬 퇴근 준비해야겠네요. 그럼 내일 뵈어요."

수간호사도 E를 따라 자리에서 일어났다.

제 6 부

결백

6-1

다음 날 아침이었다. 지난밤 무릎 밑에 이불을 고여 발을 높이 하고 잠을 잤지만, 발목은 점점 더 부어올랐고, 통증은 밤새 더 심해졌다.

'퇴사한 상담실장에게 전화를 걸어 확인을 해봐? 뭔가 켕기는 것이 있다면 표시가 나겠지. 아니야, 만약에 범인이 아니라면 괜히 건드려서 또다시 스토킹을 당할 수도 있잖아? 그걸 또 어떻게 견뎌?' 그는 누운 채 계속 몸을 뒤척였다. '그럼 아예 걔 이야기를 경찰에 해서 경찰이 직접 수사하게 할까? 아니야 특별한 증거도

없이 경찰에 알릴 수도 없잖아.'

자리에서 일어나지 않고 뒤척이고 있는 P에게 아내가 다가와 말했다.

"여보, 자요?"

"아니."

"그럼 일단 정형외과에 가서 발목부터 어떻게 해보세요. 이렇게 보라색으로 멍이 들었는데 괜찮겠어요?"

"그럴까?" 그는 이불 밖으로 발을 더 내어 보았다. "좀 많이 부었네."

"네. 수사는 수사고 몸부터 챙겨야죠."

"그래, 알겠어."

"오른쪽 발인데 운전은 할 수 있겠어요?"

"힘들 것 같은데." P는 고개를 갸우뚱하며 말했다.

"그럼 제가 운전할게요. 같이 가요."

일어나 겨우 세수를 하고 절뚝거리며 옷까지는 입었지만 이미 부어오른 발은 신발에 들어가지 않았다. 어쩔 수 없이 오른쪽 발에는 슬리퍼를 신고 그는 정형외과 병원으로 갔다.

"부목 고정을 하고 4주는 목발 짚어야 할 것 같은데?" 정형외과 친구가 말했다.

"많이 심한가요?" X-ray를 쳐다보며 아내가 물었다.

"여기 이 부분 보이시죠? 인대가 손상되었네요. 더 벌어졌으면 수술해야 할 뻔했습니다." 친구는 다친 부분을 지시봉으로 가리키며 말했다.

"계단에서 넘어졌어."

"그래 어젯밤 뉴스에 나온 것 봤어."

"너도 뉴스 봤구나? 그거 다 사실이 아니야." P는 고개를 가로저으며 말했다.

"그렇지? 네가 그럴 친구는 아니잖아."

"야, 큰일이네! 20년 넘게 사귄 너도 이렇게 의심하니." P는 눈을 찡그리며 말했다.

"뉴스 보면 다 사실 같잖아. 게다가 너 성형 쇼에 나온 이후로 다들 잘 생겼다고, 관심이 얼마나 많았는데……."

"그래?"

"반전이 심해서 다들 너한테 배신감까지 느껴."

"안 그래도 병원이 큰일이야, 수술도 다 취소되고."

"심각하구나. 해명 기자회견이라도 해야 하는 거 아냐?"

"기자회견?" P가 고개를 들며 물었다.

"왜 연예인들 스캔들에 휘말리면 호텔에 기자들 모아놓고 자기 입장 설명하잖아."

"생각 좀 해볼게. 그런데 내가 무슨 연예인도 아니고."

"무슨 소리. 거의 연예인급이야, 넌 이제."

"생각해볼게."

친구는 직접 P의 발목에 부목을 대고 붕대로 고정해주었다. "이거 줄 테니 목발 좀 짚고 지내다가 4주 후에 다시 보자. 약도 좀 챙겨 먹고."

"고마워."

"고맙습니다." 아내도 인사하며 P를 부축해서 나왔다. 절뚝거리는 P를 병원 로비에 앉혀 놓고 아내는 병원 문밖을 나가 약을 사 왔다. 그리고는 아내는 다시 그를 부축해서 차에 태웠다.

아내는 엘리베이터를 타고 올라와 P를 사무실 의자에 앉혀 놓고 말했다. "저녁때 또 데리러 올게요."

"알겠어. 전화할게." P는 의자에 앉아 한 손을 들며 대답했다.

아내가 나가고 나자 그는 아무 말 없이 눈을 감았다.

그것도 잠시, 인터폰이 울렸다.

"원장님, 상담부장님 올라오셨는데요."

"알았어요. 들어오시라고 해주세요."

H는 한 손에 스케줄 표를 들고 고개를 숙인 채 들어왔다. "원장님······."

"그래요. 들어오세요."

"많이 다치셨어요?" H는 붕대가 감긴 다리를 보며 물었다.

"괜찮아요."

"그게요. 글쎄 어제 또다시 원장님 경찰 출두 뉴스가 나와서……."

"예약 취소 때문입니까?"

"네. 레이저 수술들까지 이번 달 남은 수술이 거의 다 취소되었습니다." 부장은 P의 눈을 피한 채 말했다.

"그래요?" P도 역시 부장을 보지 않고 말했다.

"당장 직원들이 모두 할 일이 없게 된 상태라, 사기도 많이 떨어지고. 어쩌지요?"

"그럼 휴가들을 가면 어때요?"

"유급으로요?"

"음. 일을 쉬는데 받던 그대로 다 받을 수는 없겠죠? 그래야 병원도 부담을 좀 덜고요."

"그런데 원장님. 직원들이 동요할 것 같은데요?"

"동요요?"

"본인들 잘못도 아닌데 봉급을 줄여서 휴가를 가라고 하면?"

"그럴까?" P는 인상을 찡그렸다. "알겠어요. 고민 좀 해보고 결정합시다. 취소 전화 대응 매뉴얼은 만들었나요?"

"네. 그대로 응대를 하고 있는데요, 환자분들이 워낙 막무가내여서······."

"해명해도 안 되나요?"

"뉴스를 보고 전화를 하는 거라서 아예 말을 안 듣고 바로 환불을 요청하세요."

"그래요?" P는 고개를 숙였다. "예약금은 규정대로 돌려주고 있나요?"

"네. 그런데 수술 전 날이랑 당일에 취소한 사람들도 수술비 전체를 다 돌려 달라고 해서 좀 시끄러운데요. 어떻게 할까요?"

"그것도 오늘 대표원장 회의에서 의논해서 알려줄게요."

"알겠습니다. 아, 그리고."

"그리고, 뭐요?"

"오전에 C의 부모가 갑자기 올라와서 병원 로비가 시끄러웠습니다."

"뭐요?"

"원장님 나오라고 소리를 질러서······."

"뭐라고요? 내가 직접 만난다고 하지 않았습니까?"

"어쩔 수 없었습니다. 그 시간에 원장님께서 병원에 안 계셔서······."

"그래, 어떻게 하기로 했어요?"

"원장님께서 회피하시는 것이 아니고, 정말로 무슨 일이 있으신지 자리에 안 계시다고 설득해서 일단 귀가하셨습니다."

"날짜 잡아서 만나고 위로금을 전달합시다. 원무부장에게 준비하라고 해주세요."

"금액은 얼마나?"

"퇴직금 외에 2년 치 연봉이면 될까? 아니, 법무팀에 물어보세요."

"알겠습니다." 부장은 고개를 살짝 숙이고는 방을 나갔다. P는 인터폰을 들고 말했다. "여기 커피 한 잔만 부탁할게요."

설탕 넣기도 귀찮아 씁쓸한 커피를 그냥 마시며 P는 생각했다. 병원이 이렇게 어려운데 봉급을 전액 다 받고 쉬겠다는 건 누구 생각인 거야? 혹시 부장 자기 생각 아니야? 도무지 어려움을 나눌 생각은 없고, 정말 너무나 이기적이네. 이런 직원들을 먹여 살리겠다고 내가 그 빚을 지고…….

"수술했니?" 늦은 오후에 대표원장 셋이 다 모이자 P가 Y에게 물었다.

"네. 지난번에 양악 수술한 사람인데 속에 고정한 플레이트 빼 달라고 하도 졸라서 돈 안 받고 해줬어요."

"그랬구나. 돈 안 내는 수술이니까 취소 안 됐구나."

"형, 다리는 좀 어떠세요?" J가 물었다.

"응, 부목을 4주 대고 있으래. 수술은 안 해도 되고."

"그나마 다행이네요. 도대체 어떻게 해야 할까요? 이 위기를 못 넘기면 우린 정말 큰일이에요." J가 말했다.

"그러게 대책을 좀 생각해보자고 모이자 했어."

"뉴스에 또 그렇게 크게 났으니 어떤 대책이 있겠어요?" Y가 물었다.

"내 생각에 기자회견을 해서 우리의 잘못이 아니란 것을 알리면 어떨까 해."

"기자회견이요?" Y가 물었다. "그런다고 믿어줄까요? 오히려 더 시끄러워지면 어쩌죠? 예를 들어 필러, 보톡스 미리 결제하고 다니는 분들마저 등을 돌리면 어떻게 해요? 그럼 돌려줘야 할 금액이 어마어마할 거예요."

"아니, 그래도 이렇게 속수무책으로 당할 수는 없어. 어차피 수술 환자들도 다 취소를 하는 지경인데 앞으로 내원할 환자들은 오해 없게 해야지."

"경찰에서는 뭐라고 하나요?" Y가 물었다.

"어제 경찰에 나간 것은 고소가 들어왔으니까 일단 조사를 해야 해서라는군. 난 결백을 말했고 진범을 찾아달라고 했어."

"형은 누굴 의심하시는데요?"

"우리 병원 직원 중에 있을 거야, 누군지는 모르겠지만."

"그렇겠죠? 그런데 어떻게 찾아내겠어요?"

"우리가 직접은 그렇고. 글쎄 범인이 전화로 문자 메시지를 보냈으니 경찰이 거기서부터 단서를 찾겠지. 병원으로 수사를 나올 거래."

"병원이 더 어수선해지면 어떡해요?" J가 말했다.

"어쩔 수 없어. 공권력이 들어오는 거야 직원들이 뭐라고 하겠어. 범인을 잡아야 하니까 최대한 협조하자고."

"형, 그런데 직원들은 환자 없으니까 휴가를 간다고 알고 있던데요?" Y가 물었다.

"뭐라고? 내가 허락을 안 했는데?"

"수술장 직원들은 한 달 유급휴가가 나올 거라는 둥 그러던데요?"

"뭐라고?"

"병원이 이런 위기에 빠졌는데 다들 놀 생각을 하고 있다는 거야? 안 그래도 상담부장이 그 이야기를 하기에 난 한 70%만 지급하고 휴가를 보내려고 생각했는데, 100% 다 받고 놀 생각이더라고."

"그래서 허락하셨어요?"

"아니 대표원장 회의에서 결정해서 알려준다고 했지."

"100%는 너무 심하잖아요?" Y가 말했다.

"요즘 젊은 애들 무조건 손해는 안 보려고 하죠." J가 말했다.

"그럼 한 80%로 이야기할까?"

"그러느니 그냥 두고 일 시키죠." Y가 말했다. "환자 줄었다고 병원을 모두 다 비울 수는 없잖아요. 보기에도 안 좋아요. 신환이 들어와서 보면 얼마나 썰렁해 보이겠어요?"

"그래 그럼 일단 휴가는 없던 거로 하자."

"그러면 봉급들은 다 어떻게 주죠? 매출은 하나도 없는데." J가 물었다.

"에잇 참. 그럼, 다시 직원들하고 협의를 해봐. 당장 잔고가 빠듯하니까. 이제 곧 대출 원금도 분할 상환을 해야 할 텐데." P가 입술에 침을 바르며 이야기했다.

"원금은 이자에 비해 어마어마한 금액인데. 정말 위기예요." J가 한숨 쉬듯 말했다.

"담보도 더 없는데. 이러다 잘못하면 사채를 쓰는 수밖에 없어요." Y가 한숨 쉬듯 말했다.

"최대한 빨리 해명 기자회견을 하자. 그렇게라도 해보자."

"기자들은 어떻게 모으죠?" J가 물었다.

"일단 변호사 친구에게 기자회견을 하는 것에 법적인 문제는 없는지 내가 물어보고 나서 홍보부에다가 지시하자."

"네. 알겠어요." Y와 J가 동시에 대답했다.

"아, 그리고 당일 취소, 전날 취소 환자들 환불은 어떻게 할까?"

"그냥 다 돌려주기도 그렇지 않나요? 소비자보호원 규정에도……." J가 말했다.

"아니야." Y가 J의 말을 가로막으며 말했다. "그것마저 원하는 대로 다 안 돌려주면 인터넷에 또 악덕 병원이라고 댓글 올리고 난리 날 거야. 지금도 우리 병원 인터넷에 치면 기사로 도배가 되어 있는데."

"그래. 그냥 다 돌려주자." P가 말했다.

"그럼 잔고는 더 빠져나갈 거 아녜요?" J가 고개를 힘없이 좌우로 흔들며 말했다.

"그런 소린 하지 말고. 어쩔 수 없겠다, 전액 환급해주자."

"내일 뵈어요." Y가 말하고 일어났다.

"형, 혼자 퇴근은 하시겠어요?" J가 물었다.

"응. 걱정하지 말고 먼저들 가 집사람이 데리러 오기로 했어."

Y는 뒤도 돌아보지 않고 먼저 나가고 J도 뒤따라 나갔다. 아내의 전화가 오기 전까지 사무실에 P는 그냥 앉아 있었다.

6-2

P의 방에서 나온 Y와 J는 Y의 방에서 둘이서만 이야기를 더 나누고 있었다.

"똑똑." 문에서 노크 소리가 났다.

"들어오세요."

"원장님, 여기요." 직원이 문을 빠끔히 열고는 차트들을 전해주고 나갔다. 이제 퇴근할 시간이 되었다는 뜻이었다.

"경과 보러 올 사람들 차트가 요만큼 밖에 없구나. 신환 상담은 하나도 없고."

"저도 그래요. 수술은 다 취소되고 상담은 하나도 안 들어와요."

"벌써 시간이 이렇게 되었나? 에잇 나가서 술이나 한잔하자." Y가 시계를 보며 말했다.

"네. 그러죠. 밥맛도 없어요. 술이나 한잔해요."

"P 선배 퇴근했을까?"

"비서한테 물어보죠." J는 인터폰을 들고 전화를 했다. "아직 사무실에 계신다고 하네요."

"그럼 차라리 지금 나가자."

"형, 그럼 옷 갈아입고 1층에서 뵐게요."

"잽싸게 내려와 괜히 P 선배랑 부딪히지 말고."

어두운 이자카야에서 둘은 별다른 안주도 없이 삶은 완두콩에 생맥주를 들이켰다.

"형, 이 상황이 얼마나 갈까요?"

"글쎄, 나도 모르지. 다만 이런 상황이 두 달 이상 지속되면 우린 심각한 위기에 빠지게 될 거라는 건 확실해."

"이자도 이자지만, 거래업체 결제에 직원들 봉급까지 다 어쩌지? 초기 누적적자 때문에 최근 번 돈도 급한 불 끄고 나니 얼마 안 남았던데."

"거래업체 대금 결제는 좀 미룰 수 있지 않을까요?"

"소모품 회사랑, 유방 보형물 회사, 플레이트 회사에는 부탁을 좀 해봐야지. 하루 이틀 거래하는 것도 아니니까 부탁하면 가능할 거야."

"그렇겠죠? 직원들 봉급도 다들 상황을 아니까 좀 설득을 해보면 어떨까요?"

"시간을 두고 잘 설득을 해야 할 텐데, 당장 P 선배가 제정신이 아닐 것 같아서 말이야."

"제정신이 아니기는 우리도 마찬가지예요. 전 정말 호랑이 등에 올라탄 것 같은 느낌이에요. 한동안 생활비도 모자라서 처갓집에 돈을 빌려서 썼는데, 이제 좀 풀릴 만하니까 이런 일이 터져서. 게다가 제 이름으로 대출까지 냈으니 이젠 내려올 수도 없잖아요."

"등에서 내려오면 물리는 거지. 나도 담보대출에 신용대출까지 최대한으로 받아서 넣은 건데. 이건 그냥 호랑이 등에 올라탄 게 아니라 벼랑 가장자리에서 자전거를 타는 거야, 페달을 안 돌리면 옆으로 쓰러져서 낭떠러지로 떨어지는."

"어쩌죠? 준비를 잘 해서 기자회견을 하면 오해가 풀릴까요?"

"아냐, 내 생각은 달라. 오히려 기자회견 해서 또 뉴스가 나오면, 시간이 좀 지나면 잊힐 일을 도리어 상기시키는 일이 될지도 몰라. 형이 준비하라니까 준비는 해보겠지만 사실 난 말리고 싶어."

"워낙 억울해하셔서 그냥은 안 있을 텐데⋯⋯."

"한번 생각해봐. 경찰에서 아직 수사가 다 안 된 건에 대해 우리가 마음대로 발표하면 경찰이 협조적으로 나오겠어? 만약에 밉보여서 경찰이 적극적으로 수사를 안 하면 이 건은 영원히 우리 병원이 지고 가게 돼."

"그럴 수도 있겠네요. 정말 힘든 문제네."

"더럽게 엮인 거지." Y가 잔을 탁하고 내려놓으며 말했다.

"형, 변장 성형, 변신 성형은 일단 하지 말고 일반적인 성형수술 이름으로 하는 키워드 마케팅을 더 강화해보는 게 어때요?"

"P 선배가 싫어하지 않을까? 그게 자기의 자부심인데."

"이 와중에 이렇게 연예인들이 엮인 키워드를 계속한다는 것도 그렇잖아요."

"그래, 이야기해 보자. 사실 나도 연예인 지긋지긋하다. 일반적인 키워드 광고나 진행하는 거지. 어떻든 광고비를 줄일 순 없어."

"그래요. 그건 미래를 포기하는 게 되니까."

같은 시간 P는 여전히 사무실에서 아내를 기다리고 있었다. 차가 막힌다고 했던 아내에게서는 전화도 없고, 대신 방송국 PD에게서 전화가 왔다.

"뭐라고요? 나머지 회차에는 제 얼굴이 안 나간다고요?"

"그럼요. 이 상황에서 얼굴 더 비추실 수 있겠어요?"

"그게 무슨 말씀이세요. 사실이 아닌 일로 제가 왜 하차를 해야 합니까?"

"사실이냐 아니냐는 중요하지 않습니다." PD가 냉랭한 목소리로 말했다.

"그럼. 못 나가는 분량만큼은 협찬비에서 빼주셔야죠."

"아니. 이분이 정말?"

"뭐라고요?" P도 목소리를 높였다.

"지금 스캔들 때문에 우리 프로그램이 피해를 입은 게 얼마인데 그런 소리를 해요?"

"사실이 아니라는데, 저 때문에 무슨 피해를 봐요?"

"그럼 광고 취소된 게 몇 개인지 팩스로 보내볼까요? 그 피해 금액에 대해 청구하고요?"

"······."

"그냥 좋게 마무리하려고 했더니 정말. 출연자 선정 잘못했다고 내가 얼마나 욕먹고 있는지 알아요? 회사에 법적으로 피해보상 신청하라고 할까요?"

"마음대로 하세요. 그만 끊겠습니다." P는 전화를 던져버릴 듯

씩씩거렸다. "이젠 별것들이 다 협박을 하는군. 협찬비라도 돌려받아 수임료 좀 충당하려고 했더니……. 어떻게든 기자회견을 서둘러야지 이대론 안 되겠어."

6-3

P는 처음 개업을 했을 때부터 술을 접대해야 하는 마케팅은 하지 않았다. 그는 창도 없는 방에 갇힌 축축한 공기가 싫었다. 전형적인 디귿 자 형 배치의 룸살롱 방 공기에 배어 있는, 곰팡내와 손님이 토한 구토물의 냄새, 그리고 싸구려 화장품 냄새가 섞인 바로 이 냄새. 게다가 그는 무엇보다도 술 마시기가 싫었다. 자신이 내쉰 숨에서 어릴 적, 아버지의 날숨에서 느꼈던 그 술 냄새가 난다는 것 자체가 싫었다.

아버지는 술을 마시고 들어온 날, 이유 없이 그를 때렸다. 멀쩡하게 공부를 잘하던 그에게 날아드는 매질. 아니 자신과 달리 학교에서 전교 일 등만 하는, 너무 똑똑한 P가 그의 열등감을 건드린 건지도 몰랐다. 하위직 공무원이 느끼는 그 모멸감과 스트레스를 받는 날이면 아버지는 그렇게 화를 풀었다.

그는 젊은 아가씨가 따라주는 양주를 받았다. '도대체 얼굴 성형을 어디서 이렇게 받은 건지, 참.' 그는 속으로 이렇게 생각했다. 그는 술을 따르는 그 아가씨보다도 더 친절하게 전주(錢主)에게 건배를 제의하고 잔을 부딪쳤다. '어쩌겠어, 이 술을 마셔야지. 돈이 필요한데, 자존심? 이 와중에?'

"병원 규모가 제일 크다면서요?" 또다시 스트레이트 잔에 담긴 양주를 입에 털어 넣고서 전주가 물었다.

"아닙니다. 요즘 워낙 큰 병원들이 많이 생겨서……." P가 대답했다.

"그럼, 일등 병원이 아니란 말입니까?" 얼큰하게 취한 전주는 눈을 찡그리며 물었다.

"아, 네. 병원 규모는 더 큰 병원이 많지만, 매출로는 저희 P 병원이 일등 맞습니다." 원무과 직원이 잽싸게 말을 받아 정중하게 대답했다.

"그럼, 그렇지. 내가 상대하는 업체들이 업계 최고가 아닌 적이 없었단 말이지. 도박을 해도 난 최고가 아니면 안 한단 말이야."

"그럼요. 그럼요." P도 다시 고개를 끄덕이며 취한 척 분위기를 맞추려고 했다.

"그런데, 잠깐 있어 봐. 왜 업계 일등 병원에서 돈을 꿔달라는 거지?"

"아. 그게 말이지요. 잠시 유동성 위기가 닥쳐서 그렇습니다. 아까 말씀드렸듯이 운영자금이 필요해서 말이지요."

"뭐라고요? 아까 말했다고요? 아니 이 사람이." 전주는 이렇게 말하며 P의 귀를 잡아당겼다. "그럼 내가 취했단 말이야? 이거 봐라."

"대표님. 좀 취하신 것 같습니다." 직원이 P의 귀를 잡고 있는 전주의 손을 잡고 내려놓으려 했다.

"봐 봐. 이거 내 돈 빌려달라는 놈들이 뭐라고?"

"아닙니다. 다시 설명해 드리지요. 가수 S가 협박을 받았다는 주장을 하면서, 경찰에 고소장을 내어서 일시적으로 환자들이 예약을 취소해서 그렇습니다." P는 느리고 낮은 목소리로 찬찬히 대답했다.

"그래요?"

"네. 그래서 단기적으로 유동성 위기가 생겼습니다."

"단기적인 것 맞지요?"

"네."

"그럼 얼마나 쓸 생각이시오?"

"6개월 정도면 가능할 것 같습니다."

"알겠소. 돈을 꿔서 쓰려면 설명을 잘 해야지? 안 그래?"

"네. 네. 회장님." 직원이 다시 술을 따라주며 전주를 달랬다.

"자. P 원장 이리 가까이 와 봐요. 화난 건 아니지?" 이번엔 전주가 P의 팔을 당기며 말했다.

"그럼요." P는 전주가 따라주는 술을 받으며 그가 말하는 동안 풍겨 나오는 바로 그 술 냄새를 맡으며 순간 인상을 찡그렸다. 입으로는 미소를 지어야 했기에 그의 얼굴은 묘하게 일그러져 있었다.

"그래도 P 원장 참 친근하게 느껴져. TV에서 자주 봐서 그런가? 쇼에 나와서 말도 참 잘하더군?"

"아. 방송을 보셨군요?"

"그럼. 그럼. 쇼는 계속하는 거지?"

"아. 쇼요? 그렇지요……." 그는 말끝을 얼버무렸다.

6-4

병원 12층 회의실에는 방송국 기자들이 자리를 잡고선 각자 노트북을 켜고 앉아 있었다. 도넛 모양의 원탁 데스크 안쪽의 공간에는 삼각대를 세운 카메라 기자들이 가득했다.

어젯밤 직원들이 기자 한 명 한 명에게 기자회견 장소가 바뀌었다는 전화를 했다지만, P는 아침까지도 기자들이 병원으로 잘 찾아올지 조바심을 내었다. 원래 어제 아침까지도 시내의 대형 호텔 회의장에서 기자회견을 진행하려고 계획했던 것이다. 하지만 Y는 그런 큰 금액의 대관료를 내고 기자회견을 할 때가 아니라고 P를 설득해서 급하게 회견 장소를 바꾸었다. 위약금은 일부 냈지만, 그래도 병원에서는 돈이 전혀 들지 않으니까, 그편이 나았다. 병원 건물은 층고가 낮아 답답한 느낌이 들었지만 어쩔 수 없었다.

단상에 Y, J와 함께 서 있던 P가 손목시계를 한번 보고는 목발을 짚고 단상으로 다가와 인사를 했다. 그러자 수많은 카메라에서 플래시가 터졌다.

"아직 사진을 찍지는 말아주십시오." P가 마이크에 대고 말했다. "이것 좀……." P가 직원을 보고 목발을 건네주며 말했다. 그리고 그는 단상에 준비해온 종이를 펼쳐놓고 한 손으로 단상을 짚고 체중을 기대었다.

"안녕하십니까? 저는 P 병원 원장 P입니다. 오늘 제가 이 자리에 선 것은 다름이 아니라……."

"잘 안 들립니다." 회의실 뒤쪽에서 이런 소리가 나왔다.

"죄송합니다. 여기 마이크 좀 확인해주지." P는 옆에 있던 직원에게 말했다. 직원은 잠시 다가와 마이크를 껐다 켰다 하며 확인을 하다가 다시 다른 직원에게 새로운 마이크를 가져오라고 시켰다. 한동안 어색한 분위기가 이어졌다. 드디어 새로운 마이크를 받아든 뒤 P가 다시 말을 시작했다.

"오늘 제가 이 자리에 선 것은 다름이 아니라 가수 S 씨가 제기

한 고소·고발 사건에 대한 저의 입장을 밝히기 위해서입니다." 다시 플래시들이 터졌다.

"결론부터 먼저 말씀드린다면, 저는 언론에서 공개되었던 고소장에 적시되어 있는 공갈·협박을 한 적이 없습니다. 제가 그런 협박을 할 이유도 없고, 실제로 그런 문자를 보낸 적은 결코 없습니다. 사실 5년 전 수술 이후 같이 식사 한번 한 뒤로 문자는커녕 통화 한번 한 적이 없습니다." 이렇게 말하고 그는 고개를 들고 기자들을 바라보았다.

"저는 오히려 사실 확인도 하지 않고, 아직 경찰의 수사도 다 진행되지 않은 고소내용을 언론에 공표해 병원 경영에 심대한 지장을 초래한 데에 대해 가수 S 씨와 소속기획사에 대해 업무방해에 대한 책임을 묻고, 손해 배상을 청구할 생각입니다. 아울러 신속한 수사를 통해 진범을 하루빨리 잡아 억울한 저의 누명을 벗겨주시기를 경찰에 간곡히 촉구하는 바입니다." P는 준비해온 종이를 접었다. 기자들이 그의 얼굴을 또다시 카메라로 찍어댔다.

"그럼 공갈·협박에 대해서는 본인은 전혀 모르는 사실이라는 겁니까?" 기자 한 명이 손을 들며 물었다.

"전혀 아는 사실이 없습니다. 이미 본인이 공표하였기에 드리는 말씀입니다만, 제가 아는 것은 가수 S가 무명이던 시절, 저에게 안면윤곽과 눈, 코 성형수술을 의뢰했기에 정성껏 수술을 해줘서 세계적인 스타가 되는 데에 일조했다는 사실뿐입니다. 주치의로서 대단히 안타깝고 정말…… 억울할 뿐입니다." 마지막 부분에서 P의 목소리는 심하게 떨렸다. 그 순간 P의 눈가에 살짝 비치는 눈물에 여기저기서 웅성거리는 소리가 들렸다.

"책임을 묻고 손해 배상을 청구하겠다는 건 맞고소를 하시겠다는 것입니까?" 또 다른 기자가 손을 들고 질문했다.

"우선, 제가 하지 않은 일에 대해 고소를 해왔기 때문에 무고죄에 대해서는 분명히 고소할 것입니다. 손해 배상에 대해서는 변호사와 충분히 협의하여 결정할 것이라고만 말씀드리겠습니다."

"진범은 누구라고 생각하십니까?" 맨 뒤쪽에 앉은 기자가 물었다.

"그것은 제가 말씀드릴 사안이 아니라고 생각합니다. 경찰의 수사가 진행되면 진범이 반드시 드러나리라고 생각할 뿐입니다. 감사합니다."

그가 고개를 숙이고 인사하자 또다시 수많은 플래시가 터졌다. 그가 단상에서 내려오려고 하자 한 직원이 그의 팔을 붙잡으며 속삭였다. "원장님, 이쪽으로"

P가 목발을 짚고 VIP 대기실에 들어서자 C의 부모와 오빠가 소파에 앉은 채 일어서지도 않고 P를 바라보았다.

"안녕하세요? 대표원장 P입니다. 바로 뵈어야 했는데." 그는 소파 옆에 목발을 조심스럽게 기대 놓으며 말했다.

"……."

"어떻게 위로의 말씀을……."

"도대체 어떻게 이런 일이 있을 수 있습니까?" C의 아버지가 입을 열었다.

"병원이 매일 이 모양이니, 무슨 일이 안 생기겠어요?" C의 오빠가 비아냥거렸다.

"넌 가만 있어 봐." 아버지가 말했다.

"죄송합니다." P가 말했다.

"처음에 코디네이터로 취직이 되었다기에, 나는 우리 애가 환자 안내나 하는 줄 알았지, 이렇게 의사가 보기도 전에 환자를 보고 진단까지 하도록 시킬 줄은 몰랐소. 이게 합법적인 일이요?"

"죄송합니다. 우선은 코디네이터로 다 선발하고, 그중 환자에게 수술비 상담을 할 능력이 되는 직원들을 따로 교육해서……."

"여기서 무슨 교육을 해요? 의사도 간호사도 아닌 애를? 그냥 있지 않을 거요. 두고 보시오. 두고 보라고."

"아버님 노여움을 좀 푸시고요. 이게 업계의 표준적인 시스템이라……."

"……."

"아무튼, 저희가 위로금을 좀 준비했으니."

"다 소용없고, 죽은 내 딸이나 살려 놓으시오. 자, 가자."

세 명은 동시에 자리에서 일어나 방을 나가버렸다. P는 목발을 챙기느라 그들을 바로 따라나서지도 못했다.

6-5

P는 목발을 수술장 밖의 개수대에 기대 세워놓고 오랜만에 끈적끈적한 적갈색의 소독약으로 손을 씻고 팔꿈치에서 물을 떨어뜨리며 천천히 수술장으로 들어왔다. 간호사는 그에게 소독된 수건을 건넸다.

며칠 전 기자회견을 한 덕분인지 오늘은 눈 수술 하나, 코 수술 두 건이 잡혀 있었다. 첫 환자는 어제 상담을 하고는 바로 수술을 결심한 환자였다. '그래도 다행이네. 정말 감사한 일이야.'

부목을 댄 발에 어쩔 수 없이 체중을 나눠주고 서서, 간호사가 씌워주는 수술 가운을 입으며 그는 수술장 벽에 걸린 디지털 시계를 쳐다보았다. '오후 4시까지 경찰서로 가려면 좀 서둘러야 해. 아, 쉬다가 오랜만에 수술하려니 또 신경이 쓰이는구나. 차라리 끊임없이 매일매일 계속 수술을 하면 좋겠어.'

그는 간호사가 건네준 메스를 들고 심호흡을 하다가 눈을 감았다. '하느님, 저의 손이 아닌 하느님의 손으로 이 수술이 이루어지게 하소서. 저는 그저 하느님의 뜻을 구현시키는 도구일 뿐입니다. 처음부터 끝까지 흥분하지 않고 침착히 수술이 완성되도록 도와주십시오.'

기도를 마치고 그는 무영등 불빛 밑에서 수술에 집중했다. 수술을 하는 동안에는 온갖 걱정을 잊을 수 있어서 좋았다.

그날 오후 경찰서로 나온 P는 L과 함께 형사를 찾았다. 조사실에서 한참을 기다리자 처음 병원에 왔던 그 나이 많은 형사가 나타났다.

"여러모로 바쁘시더군요. 나와 주셔서 감사합니다." 형사가 말했다.

P는 '여러모로'라는 단어에 기분이 나빴지만 "아닙니다. 협조해서 빨리빨리 해결하고 싶습니다."라고 밝게 미소 지으며 대답했다.

"모든 자료를 다 샅샅이 뒤졌는데도 수술 전후 사진은 없더군요." 형사가 책상 위의 노트북 컴퓨터를 검지로 톡톡 치며 말했다.

"그건 제가 처음부터 말씀드렸지 않습니까? 그들이 사진을 찍지 않고 수술을 진행해달라고 해서 사진을 정말로 안 찍었습니다."

"그러시군요. 그래도 저희로서는 확인하지 않을 수 없었습니다. 원장님께서 빠진 이 상황에서 제일 큰 문제는 그렇게 수상한 행동을 하는 사람을 아무 의심 없이 그냥 수술을 해줬다고 주장하시는 것이죠. 법원에 가도 이해받기는 힘들 겁니다."

"그건 아니죠. 수상하다고 모두 범죄자 취급을 할 수는 없죠. 그게 오히려 인권 침해입니다. 그리고 전과가 있다고 모두 가상의 범죄자로 취급할 수는 없는 겁니다." L이 말했다.

"수사관님, 저도 한 말씀 드리겠습니다. 요즘 개인정보 보호법이 있어서 어떤 의료기관에서도 비보험으로 진료를 받겠다고 하면 강제로 개인정보를 묻고 보관할 수 없습니다. 특히나 수술 전후 사진의 경우, 환자의 동의 없이는 결코 찍을 수 없습니다. 이점을 참작해 주십시오." P가 말했다.

"자, 좋습니다. 어떻게 할까요? 원장님은 수술을 하고도 차트조차 기록하지 않았습니다. 이건 명백히 의료법 위반이지요. 아닙니까?"

"……."

"이 세 명은 아마도 위조여권을 이용해서 외국으로 밀항을 준비하고 있는 것 같습니다. 외국으로 달아나기 전에 저희는 끝까지 추적해서 체포하려고 합니다. 저희를 도와주시겠습니까?"

"어떤 식으로?" P가 물었다.

"어렵지는 않습니다."

"어떤 걸 말씀하시는 거죠?" L이 물었다.

"몽타주 제작을 도와주시는 겁니다."

"네?" P가 물었다.

"수배 전단에 쓸 몽타주 말입니다."

"아, 그게." P가 힘없이 말했다.

"왜요?"

"그게 말이죠. 사실 저도 그들의 수술 후 얼굴을 못 봤습니다." 형사가 좀 높아진 목소리로 물었다.

"정말 그들이 치료를 받으러 새로운 얼굴로 다시 병원에 온 적이 없습니까?"

"네. 맹세컨대, 수술을 마치고 나서는 단 한 명도 다시 온 사람은 없었습니다."

"그럼 수술 후의 얼굴을 알려줄 수 없다는 겁니까?"

"글쎄요. 그건……." P가 말끝을 흐렸다.

"잠시만요." L이 형사에게 말했다. 그리고 그는 P를 보며 낮은 목소리로 말했다. "협조해드리자고. 그래야 빨리 해결되지."

"생각을 좀 해보고 답변 드리면 안 될까요? 기술적으로도 추정하기가 쉽지 않습니다." P가 형사를 쳐다보고 말했다.

"좋습니다. 그럼, 생각을 해보시고 답을 주십시오."

"언제까지?" L이 물었다.

"시간을 많이는 못 드립니다. 주말까지 생각해보시죠. 그 이후에는 공개수사를 할 계획이니까요. 그리고 혹시 수술 전 사진들이 필요하십니까?"

"네. 있으면 도움이 되겠지요." L이 말했다.

"그럼. 이 사진들을 가져가십시오."

"알겠습니다. 그럼." 형사가 건네는 사진들을 받으며 L이 말했다.

"왜 도와주기 힘들다고 한 거야? 네가 수술 계획을 세웠는데 수술 후 얼굴을 추측하기가 그렇게 힘들어?" 건물 밖으로 나오자마자 L이 물었다.

"아니."

"그럼 왜? 붓기 때문에 알 수가 없어?"

"아니."

"그럼 뭐야? 이 건으로도 계속 경찰에 불려 다닐 거야?"

"만약에." P가 고개를 숙인 채 말했다.

"만약에 뭐?"

"만약에 몽타주를 가지고 범인을 잡게 되면."

"잡게 되면?"

"뻔히 내가 그들의 얼굴을 밝힌 것이 될 텐데. 해코지하지 않을 까?"

"해코지?"

"나나 아니면 내 가족들에게. 특히 애들에게 나쁜 짓을 할까 봐."

"그랬구나." L은 그제야 고개를 끄덕였다. "같이 고민해보자. 퇴근한 거지?"

"응. 일은 마치고 나온 거야."

"그럼 오늘은 그만 집에 들어가 쉬어라."

"알겠어. 난 택시 타고 갈게."

"혼자 걸을 수 있겠어?" L이 말했다.

"괜찮아." P는 길가에 서 있는 택시를 향해 목발을 짚고 절뚝거리며 걸어가며 맥없는 목소리로 대답했다.

6-6

　작은 의자에 올려진 P의 다리에, 발목과 부목을 고정하느라 감겨 있던 붕대는 때가 묻어 새까매져 있었다. 정형외과 의사인 친구는 그 붕대를 큰 가위로 잘라 풀어버리고 그동안 씻지 않아 때가 낀 발을 잡고서 발목을 이 방향, 저 방향으로 조심스럽게 돌려보았다.

　"아프지는 않지?"

　"그래. 괜찮은 것 같아."

　"4주가 금방 가는구나!"

"그러게 이러다 금방 환갑 되는 거겠지." P가 말했다.

"다행이야. 잘 나았네. 이제 우리 나이엔 뼈나 인대나 한번 다치면 오래가."

"그러게 우리가 벌써 마흔여덟이라니 믿어져?"

"그렇지. 예전에 서른 즈음에는 어떤 느낌일까 그랬었는데, 서른은커녕 이젠 50을 바라보니."

"운동을 좀 해야 할 거야. 헬스클럽 가서 조금씩 걸어봐. 벌써 종아리 근육이 이렇게 줄어들었잖아." 친구는 종아리 근육을 엄지와 중지 손가락으로 짚어 보여주며 말했다.

"그러네. 뛰면 안 되는 거지?"

"그렇지. 당분간 러닝머신에서 걷기만 해."

"알겠어. 그럼 언제 또 올까?"

"또? 너 그 고소 문제나 다 해결되면 한 번 들러. 좀 해결은 됐어?"

"뉴스가 난 직후에는 병원에 수술이 다 취소되고 그랬는데, 너 말대로 해명 기자회견도 하고, 인터넷광고로 조금씩 복구하고 있는 편이야. 해결되면 내가 술 한 잔 살게."

"술은 뭐. 해결이나 잘해."

"오케이." 그는 가져왔던 부목을 돌려주고는 주섬주섬 양말을 신고서 양쪽 발 모두 구두로 고쳐 신고 일어났다.

택시를 불러 탄 P는 그 길로 집 근처로 향했다. '그래. 운동을 하자. 내가 힘을 내야지. 이렇게 무기력하게 있으니 더 약해지고 우울해지는 거야.' 택시 뒷자리에서 그는 자기 종아리를 짚어보며 생각했다. '그런데 운동을 어디서 하지? 회원제 헬스클럽? 회원권 값이 꽤 나갈 텐데. 아니면 그냥 일반 헬스클럽? 아. 체면이 있는데 어쩌지? P 병원 대표원장이 그런 데서 운동하고 있으면 병원 이미지는 또 뭐가 되는 거야?'

"저기 세워주세요."

"박사님 이 근처에 사시나 보죠?" 카드 결제 승인이 떨어지기를 기다리는데 룸미러를 통해 P의 얼굴을 보며 택시기사가 물었다.

"아, 네."

"좋은 하루 되세요."

그는 기사의 인사를 뒤로하고 얼른 인도로 내려섰다. 그는 웅장한 화강석 건물의 현관 유리문을 밀고 들어가 대리석으로 바닥과 벽이 장식된 로비 층의 명품 숍들을 지나 정면에 있는 엘리베이터를 타고 3층으로 올라갔다.

"안녕하세요? TV 성형 쇼에 나오시는 박사님 아니세요?" 데스크에서 검은색 정장을 입은 여직원이 그를 알아보고 활짝 웃으며 인사를 했다.

"네. 안녕하세요?" 그는 살짝 고개를 숙이며 그녀가 도대체 어디까지 알고 이렇게 밝게 인사를 하는 것인지 의아해했다.

"운동하시려고요?"

"네. 다리를 좀 다쳤었는데, 근육이 약해져서……."

"그러시군요. 그동안 운동은 따로 안 하셨나요?"

"네."

"이제 관리를 하셔야 할 나이시죠. 박사님 정도 재력이시면 저희 클럽 회원권이 딱 어울리지요."

"우선 한 달 정도 먼저 다녀 볼 수는 없을까요?"

"가능은 하지만 한 달은 아니고요. 개인 회원권을 사신다는 가정하에 입회비 200만 원 내시고 2주일 정도 체험하실 수는 있습니다. 물론 입회하시면 회원권 가격에서 그만큼 빼 드리고요."

"그럼 만약 회원권을 안 사면?"

"소멸됩니다." 그녀는 입가에 미소를 띠며 말했다.

"엄청 비싼 2주일이네요."

"시설을 다 활용해보시면 아마 만족하실 겁니다. 오늘 오신 김에 시작하시면 체지방 분석과 체형분석을 먼저 해보실 수 있도록 해드리죠."

"알겠습니다. 그럼 해보죠." 그는 지갑을 한참 뒤져 신용카드 한 장을 꺼내 건넸다.

그는 라커룸에 들어가 클럽에서 빌려주는 운동복에 운동화를 신고 나왔다. 20대가 넘는 러닝머신 중에 자리가 빈 것은 1대뿐이었다. 얼른 그리로 다가서려니 몸에 꽉 끼는 타이츠 같은 운동복을 입은 강사가 다가왔다. "회원님. 먼저 체질 체형분석을 받아보셔야죠. 운동은 그러고 나서 시작하시고요."

"아, 네." 그는 강사가 이끄는 대로 양말을 벗고 기계에 올라가 잠깐 양손으로 분석기 손잡이를 잡고 있었다. 곧이어 옆에 있는 출력기에서 결과지가 인쇄되어 나왔다. 과체중, 체지방 과다, 근육량 부족!

'단순히 그동안 운동을 못 해서만은 아닐 거야. 도대체 얼마나 스트레스를 받은 건지……' 그는 설명을 듣고 나서 결과지를 대강 접어 주머니에 넣고는 러닝머신으로 올라가서 걷기 시작했다.

1단계에서 시작한 그는 4단계까지 서서히 속도를 올렸다. 그는 옆자리의 중년 남성이 뛰며 내는 쿵쾅거리는 소리에 신경이 쓰였다. 슬쩍 보니 무려 9단계. 그는 쉰다섯은 되어 보이는 나이였는데, 러닝머신에서 고무 타는 냄새가 날 정도로 빠른 속도로 뛰고 있었다.

'건강을 위해서라기보다는 모두가 보란 듯이, 여기가 내 자리란 듯이 뻐기며 뛰고 있군. 저런 속도로 매일 뛰다가는 무릎 연골이 남아나지 않을 텐데. 몸을 망치는 줄도 모르고……'

그는 조용히 걸으며 생각했다. '우습군. 러닝머신에서 뛴다는 게 사실 단 한 걸음도 앞으로 나아가지 못하고 제자리인 거잖아. 저렇게 체력을 과시하면서, 재력을 자랑하면서 열심히 달려간대도 결국 그냥 그대로 제자리인 건데.'

그는 러닝머신 앞에 세워진 케이블 TV에서 이미 켜져 있던 골프 채널을 보다가 리모컨을 들고 채널을 돌렸다. 뮤직 채널에 나온 젊은 아이돌 그룹의 안무를 보며 생각했다. '이렇게 두 발로 걸으니까 새로운 의욕이 샘솟는 거 같네. 하기는 그놈의 목발을 짚고 다니니까 괜히 중환자 같지. 좋아 이렇게 힘을 내면 돼. 상황이 어렵지만, 긍정적으로, 긍정적으로……'

그러다 어느 순간, 그는 반대쪽 옆자리에서 뛰는 사람 앞의 TV 모니터에서 자신의 뉴스가 나오는 것을 보았다. 너무나 놀랐지만 그렇다고 고개를 돌려 쳐다볼 수도 없었다. 그는 옆에서 뛰는 사람의 눈치를 슬쩍 살피고는 눈동자만 돌려 화면 아래쪽의 자막을 읽었다.

"성형 메이크오버 쇼에서도 하차한 P 원장, S와 기획사를 상대로 무고죄 맞고소. 이에 대해 오늘 다시 S 측에서 진료기록 유출에 의한 의료법 위반 및 명예훼손, 개인정보 보호법 위반으로 P 원장 고소·고발."

'뭐야? 지네들이 성형수술 받은 것 언론에 다 이야기해 놓고선 이제 와서 또 날 고소를 해?'

"경찰 수사가 진행 중인 사건에 대해 수사를 방해하고, 연예인에게 치명적인 수술 내용을 기자회견을 통해 함부로 유포한 측이 오히려 고소한 것은 있을 수 없는 일."

'웃기고 있네. 애당초 이건 무고야 무고. 그리고 명예훼손이라면 우리 병원이 입은 피해가 얼마인데.'

그의 얼굴은 운동 때문인지, 아니면 뉴스 때문인지 붉어져 있었다. 그는 더 걷지 못하고 러닝머신의 빨간 응급 정지 버튼을 누르고 내려왔다.

6-7

다음 날 P가 출근을 하고 보니, 병원은 다시 비상이었다. S가 P를 상대로 다시 고소했다는 뉴스가 뜨자마자 예약 취소 전화가 폭주했다는 것이다.

가을로 접어들어 날씨까지 쌀쌀했다. P는 온몸에 으슬으슬 한기를 느껴 수술복 위에 카디건을 하나 더 겹쳐 입고 가운을 입었다. 수술 모자를 머리에 쓰려다가 L의 전화를 받은 P는 사무실 책상에 걸터앉아 L의 이야기를 들었다.

"이 이상 감정싸움에 맞대응하지 말자고. 어차피 저들이 스스로 공개한 내용 이외에 우리가 더 발표한 거가 없으니 문제가 될 것도 없어." L이 말했다.

"경찰에서는 뭐래?"

"문자를 보낸 전화가 4대래. 그 번호들을 모두 추적해서 수사하고 있는데, 워낙 다 대포폰인지라 신원을 밝혀내기가 쉽지 않다는 거야."

"대포폰?"

"정말로 협박을 한 놈이 지능적인 것 같기는 해. 돈도 많이 들 텐데, 교활하게 수시로 대포폰을 바꿔가면서 문자를 계속 보냈더라고."

"도대체 누굴까? 혹시 여자일까?"

"여자? 너 뭐 집히는 게 있니?"

"아니. 그냥 교활하다니까. 그러나저러나 뉴스에 또 S 이야기가 나와서 조금 회복되고 있던 수술이 다시 줄줄이 취소되고 있어."

"그 정도야?"

"말도 마, 미칠 지경이야. 홈페이지에 S의 팬들이 항의로 도배를 해서 그걸 지우는 것만도 큰일이었어. 쓸데없는 건강 정보 뉴스 만들어서 인터넷 포털 사이트를 치우는 데만도 돈이 얼마나 드는데."

"너무 걱정하지 마. 어떻게든 수사를 진전시키겠지. 이렇게 맞고소만 왔다 갔다 하는 상황이 경찰의 무능력을 드러내는 거기도 하니까."

"알겠어. 수고해줘."

집으로 돌아와 혼자 앉아 저녁 식사를 하다가 그는 오른쪽 아래 어금니 잇몸이 부어오른 것을 느꼈다. 혀끝으로 잇몸을 더듬어본 그는 '어, 이거 지난번에 치료한 이빨 밑이잖아? 또 고름이 차면 이를 빼야 한다고 했었는데. 어쩌지?'라고 생각했다. 그는 수저를 내려놓았다. '스트레스를 너무 많이 받아서 면역이 떨어져서 그런 건가? 아, 큰일이네.'

그는 조용히 화장실로 가서 큰 거울 앞에서 입을 벌리고 잇몸을 확인해 보려고 했다. 하지만 욕실 천장에 붙은 조명으로는 어두운 입속이 보이지 않았다.

그는 신발장 서랍에서 작은 플래시를 꺼내와 입속에 불빛을 비췄다. 아니나 다를까 크라운을 씌우고도 염증이 나서 가운데를 파고 다시 때운 이빨의 잇몸에 하얗게 고름이 차서 부어오른 것이 보였다. '제길 또 치과를 가야겠구나. 이거 빼면 임플란트를 해야 하려나? 이 나이에 벌써 임플란트라니⋯⋯.'

그러다가 그는 문득 플래시 불빛에 비친 이빨들을 보았다. 점막에서 반사되어 나온 불빛에 이빨 뒷면이 비추어지고 있었고, 그

불빛에 오랜 세월 이빨들에 난 미세한 실금들이 보였다. '이렇게 균열이 나 있는 이빨들을 바스러트리지 않고 수십 년을 쓴 것이 대단하군.'

그는 이빨을 보며 피부밑에 있을 해골바가지를 떠올렸다. '난 곧 해골이 되겠지. 그럼 이 이빨들은 해골의 나머지 부분들과 함께 겉으로 드러날 테고.'

다음 날, 대표원장 회의가 또 열렸다.

"형, 운영자금을 광고비로 거의 다 썼는데 직원들 봉급은 어쩌죠?" Y가 물었다.

"페이닥터들은 일단 이번 달 봉급의 절반은 다음 달에 지급한다고 하자."

"그러다 병원을 다 나가면요?"

"설득을 잘 해야지. 이번 뉴스만 지나가고 나면 더는 고소·고발은 없을 테니까."

"일반직 직원들 봉급은 미룰 수가 없어요. C의 오빠가 위로금을 받아 간 사실이 소문이 났는지, 자살을 해야 돈을 받느냐며 험한 말들까지 해요. 이젠 안 기다리고 그냥 미련 없이 떠날 판이에요. 나가서 노동청에 제소한다는 거죠." J가 말했다.

"어쩌지 필요 인력이 떠나면 안 되는데……." Y가 말했다. "게

다가 형⋯⋯."

"또 뭔데?"

"길 건너편에 호텔이라고 했던 신축 건물 있죠?"

"신축 건물?"

"네. 그게 호텔이 아니라 성형외과 병원이래요."

"뭐?"

"우리 병원보다 저렇게 더 크고, 호텔처럼 화려하게 지었으니, 간판 보고 들어오는 환자들마저도 저쪽으로 다 뺏길 판이에요."

"허, 그것참. 어쩌지? 인터넷광고라도 좀 더 해야 할 텐데, 돈을 더 빌릴 데가 없을까?" P가 물었다.

"친척들한테까지도 빌릴 수 있는 돈은 다 빌렸어요." J가 말했다.

"저도요." Y가 오른손으로 쓰고 있던 수술 모자를 벗어던지며 말했다.

"담보대출도 거치 기간이 끝나서 이제 이자에다 원금도 같이 상환해야 하는데 그건 또 어쩌지?" P가 물었다.

"형, 죄송한데요. 그동안 배당이 없을 땐 집에 생활비를 못 가져갔었는데요. 저희도 생활은 해야 해서, 이 이상은 도저히⋯⋯." Y가 말끝을 흐렸다.

"저도 이젠 처가에 생활비를 더 꿀 수가 없어서요." J가 말했다.

"그렇지. 어쩐다?"

"……"

"어떻게든 돈을 더 융통할 데가 있을 거야. 아무렴, 병원이 이렇게 멀쩡히 서 있는데 돈 꿀 데가 없겠어? 일단 돈이 들어오면 너희 둘이 먼저 가져가."

6-8

부동산 중개소 사장 R이 P 병원 로비로 들어온 것은 늦은 오후였다. 그는 P와 약속한 시간보다도 2시간이나 늦게 나타난 것이다. '어지간히 급한가 보지? 사채라도 쓰겠다는 걸 보면? 과연 로비에 환자가 별로 없는구먼. 이래서야 어디 고비를 넘기겠어?'

그는 이미 얼굴을 익힌 코디네이터에게 가볍게 인사를 하고 엘리베이터 쪽으로 다가섰다. '그래도 건물이 올라가서 땅값이 뛰었으니 어떻게든 회수야 되겠지.'

한 면이 통유리로 된 엘리베이터를 타고 높이 올라가자 주변의

풍경은 물론 저 멀리 강까지 내려다보였다. '이 전망 하나는 정말 끝내주는군. 그러나저러나 연결을 해주면 소개료를 얼마나 받아 낼 수 있을까? 최대한 빼먹어야겠지?'

"안녕하세요?"

"네. 안녕하세요?" 비서가 R을 보고 인사했다. "원장님께서 기다리고 계세요."

"네."

"이쪽으로."

"안녕하세요? 원장님. 좀 늦었습니다."

"네. 안녕하세요? 사장님. 잘 지내시죠?"

"네. 덕분에 저는 잘 지냅니다."

"앉으시죠. 여기 커피 좀……." P가 비서를 보며 말했다.

"아닙니다. 원장님. 저 요새 커피 끊었습니다. 식도염이 생겨서요. 병원에 갔더니 의사 선생님이 야식 끊고 커피도 끊으라고 하셔서."

그 말에 비서는 고개를 숙이고 나갔다.

"아. 그러세요? 관리 잘해야겠네요. 저도 역류성 식도염 때문에 고생하는데, 도저히 커피를 못 끊어서 계속 제산제를 먹고 있습니다."

"아유, 원장님은 신경을 너무 쓰셔서 그런 거 아닙니까?"

"네. 요즘 좀 힘들었습니다."

"그래 급전은 얼마나 쓰시려고요?"

"아. 그게. 한 3억 정도만 어떻게 더 연결해주실 수 있으세요?"

"3억이나요?"

"네. 그 정도."

"원장님. 이 건물은 이미 평가액보다도 더 많이 담보가 잡혀 있어서 이제 은행권에서는 도저히 더 돈을 끌어오기가 힘듭니다."

"알고 있습니다. 그래서 사장님을 불렀죠."

"저도 최선을 다해보겠지만, 어렵겠습니다."

"어떻게 안 될까요?"

"가능한 방법이 있기는 한데요……. 그게 저도 또 소개를 받아서 연결해야 하는 덴데. 그쪽은 커미션이 좀 높아서 말이죠."

"얼마나?"

"소개하는 친구에게 10%를 바로 챙겨줘야……."

"10%나요?"

"담보력도 부족하고, 그나마도 후순위로 들어가야 하는데 그 친구를 움직일 수 있다면 다행이죠."

"그럼 사장님 소개료는?"

"아유. 제가 원장님한테 어떻게 돈을 받겠어요? 제 생각은 하지 마시고 일단 좀 기다려보세요."

"그럼. 이율은?"

"기간에 따라 다르죠. 첫 달은 20% 받고, 그다음부터는 30%로 올라갑니다."

"그럼. 이율이?"

"원장님 그런 거 따지지 마시고요. 일단 급한 불 끄시고, 돈 얼른 벌어서 몇 달 새 갚을 생각만 하세요."

"그렇기는 하죠. 다시 총알이 장전되면 마케팅을 세게 해서 해결할 테니까요. 마케팅비가 모자라서 그렇지 마케팅을 하면 금방 회수될 겁니다." P의 말이 점점 길어졌다.

"알겠습니다. 그럼 전 이만 일어나겠습니다. 한 3일 정도만 시간을 주세요. 제가 연결을 해볼게요."

"네. 감사합니다." P는 자리에서 일어나 인사를 하며 R이 나가는 모습을 보다가 다시 의자에 털썩 앉아버렸다.

며칠 후 저녁 그는 책상에 앉아 인터넷으로 은행 계좌를 열어 보고 있었다. 사업용 계좌에는 가뭄 끝에 만난 보슬비 같은 돈이 떠 있었다. '아, 정말 다행이다! 이제 한숨 돌리겠네.'

그렇지만 그가 계좌를 다시 들여다보니 출금 가능 금액은 원래 이야기되었던 금액이 아니었다. '뭐지? 왜 이렇게 돈이 적어?' 그는 놀란 가슴을 억지로 진정시키며 거래 내역을 살펴보았다. 애초에 소개비를 제한 금액이 들어왔고, 그나마도 들어오자마자 자동 출금으로 미처 못 빠져나간 원리금이며 거래대금들이 순식간에 빠져나갔던 것이다.

그는 그동안 집에 돈을 가져가 보지 못한 두 후배에게 얼마씩을 줘야 할지 고민했다. '후배들은 후배들이라지만, 페이닥터들은 다 어쩌지? 휴…….'

그는 눈을 감은 채 고개를 들었다. '아, 이제 규모를 내세울 상황이 아니야. 버텨내려면 구조조정을 해야 해. 임금을 줄여야 한다고.'

그는 휴대전화 단체 대화방에다 회의하자고 문자를 남겼다. 그러자마자 두 명은 기다렸다는 듯이 P의 방으로 왔다.

"형, 저희 왔어요." Y가 문을 열고 들어오며 말했다.

"그래, 들어와."

"아직 일 남으셨어요?" J가 물었다.

"아니. 별거 없었어. 좀 전에 드레싱 다 마쳤고."

"그러셨군요."

"돈이 들어왔어."

"그래요? 얼마나" Y가 물었다.

"2억에 조금 모자라. 소개비까지 먼저 뗐더라고."

"그랬군요. 지독하네요."

"그동안 가져간 것 전혀 없으니 오백씩 챙겨가."

"고맙습니다." Y가 말했다.

"형은요?" J가 물었다.

"난 괜찮아. 그보다 우리 이제 구조조정을 좀 하자."

"구조조정이요?" Y가 물었다.

"그래. 이제 새로 연봉 협상해야 할 시기지?"

"네. 월말이면 계약 기간 종료되는 직원들 꽤 있어요."

"페이닥터들 중에 연봉 대비 매출이 떨어지는 사람들 좀 내보내자. 그리고 일반 직원 중에도 필수 인원이 아닌 직원들 좀 추려봐."

"형. 그럼 이제 규모 포기하는 거예요?" Y가 물었다.

"흠……. 그래. 이제 더는 규모를 내세울 여력이 없는 것 같다. 효율을 좀 따져보자고."

"알겠어요. 형. 그럼 퇴직금은?"

"이 돈으로 일단 정리해보고 안 되면 직원들에게 사정을 좀 이야기해 보지 뭐."

"형, 제가 알기로 퇴직금은 퇴사 후 2주 안에 안 주면 큰 문제가 된다고 들었어요."

"그래. 나도 그 얘긴 알고 있어. 그래도 어떻게 해 적은 돈이지만 마케팅을 좀 해서 벌어서 주자."

"이 돈으로 가능할까요?"

"키워드 광고 너무 비싼 것 하지 말고, 클릭 수 좀 적어도 금액이 적당한 것 찾아서 집행해봐."

"클릭 수 적은 것들은 도무지 환자가 유입이 안 돼서……." J가 말했다.

"그래도 어쩌겠어, 광고를 안 하면 매출이 안 일어나니."

"알겠어요. 홍보팀에게 키워드 점검 다시 시켜볼게요." Y가 말했다.

6-9

대표원장 셋은 중국집에서 배달시킨 음식으로 점심을 같이 먹으러 P의 방에 모였다. 탁자에 신문지를 깔고 자장면이며 짬뽕이며 볶음밥을 올려놓으니 마치 레지던트 때 의국 분위기가 났다.

"모여서 다 같이 밥을 먹으니 좋네. 앞으로도 자주 내 방에 모여서 먹자." P가 말했다.

"형. 홍보회사에서 얼마나 뉴스를 만들어 올렸는지 이제 인터넷에 올릴 건강 정보도 다 떨어졌다고 하더라고요. 그래도 돈을 쓰고 나쁜 뉴스를 밀어 내린 덕분에 키워드 광고가 효과가 나나 봐요." Y가 말했다.

"나쁜 뉴스 내리고 환자가 드는 걸 보면, 확실히 젊은이들은 휴대전화로 검색해서 병원을 결정하는 것 같아요." J가 말했다.

"회복세가 느린 게 문제다." P가 말했다.

"형, 그리고 드릴 말씀이 있는데요." Y가 말했다.

"그래 뭔데?"

"정리해고가 잘 안 되겠어요."

"왜?"

"그동안 면담을 해봤는데요. 요새 워낙 경기가 안 좋으니까 페이닥터들이 나가도 취직할 데가 별로 없대요."

"정말?" 그는 수저를 내려놓고 물었다.

"가계대출 부실이 심해져서 깡통 아파트까지 나오고 소비 심리가 악화되고 있나 봐요. 페이를 더 깎겠다고 해도 아무도 안 나가려고 해요."

"그것참. 일반 직원들은?"

"일반 직원들도 마찬가지예요. 부장들이 면담을 해봤는데 내보내려는 직원들이 그냥 버티겠다는 거예요. 희망퇴직 같으면 모를까."

"희망퇴직?"

"연봉의 두 세배를 위로금으로 받고 나가는 거죠."

"퇴직금 말고도 위로금을?"

"네."

"문제네 문제." P가 말했다.

그 순간 "원장님 큰일 났어요. 1층에 조폭들이." 사무실 비서가 뛰어들어오며 말했다.

"뭐라고?" 셋이 동시에 물었다.

"1층에 조폭들이 들이닥쳐서 환자들을 위협한대요."

"경비는?"

"모르겠어요. 1층에서 전화가 와서 말씀드리는 거예요."

"CCTV 좀 돌려봐." P가 일어나며 말했다.

"네. 형." J가 컴퓨터 화면을 열었다.

"5명이네요." Y가 말했다.

"내려가 보자."

1층에 엘리베이터는 멈췄고 셋은 로비로 들어섰다.

"무슨 일들입니까?" 이미 환자들은 다 사라져버린 외래에서 P가 물었다.

"아. 원장님 되십니까?" 가운데 서 있던 한 명이 말했다. "돈을 쓰셨으면 이자는 제때 주셔야 하는데요. 이자 주실 때가 한참 넘었는데 혹시 잊어버리신 건 아닌지 좀 알려드리려고 왔습니다."

"지금 영업 중에 이렇게 단체로 오시면 안 되는 거 모르세요? 명백한 불법 추심입니다." Y가 말했다.

"뭐가 불법입니까? 우리가 기물을 다치게 했습니까? 진료 보시는 걸 막았습니까?"

"이렇게 위협적으로 행동하시는 것 자체가 문제죠." P가 말했다.

"아니 얼굴에 흉터 있고, 몸에 문신 있으면 병원 오면 안 됩니까?"

"성형외과라면서요. 우리 얼굴 흉터나 좀 고칩시다. 몸에 그린 그림도 좀 지우고." 다른 한 명이 웃통을 벗으며 말했다.

"자. 이러지들 마시고 오늘은 돌아가 주세요. 급한 대로 조금씩 갚아드리겠습니다." P가 말했다.

"조금씩으로 안 되죠. 빌려 가신 돈이 얼만데." 또 다른 한 명이 말했다.

"여러분들, 일단 오늘은 돌아가 주십시오. 세 번째까지 이야기하고는 경찰을 부르겠습니다." Y가 말했다.

"세 번째요? 야. 애들아 이분이 법을 좀 아시는가 부다. 퇴거 요청 두 번째 하셨으니 무서워서 우린 가봐야겠다." 가운데 서 있던 자가 좌우를 돌아보며 말했다.

"다음 주 월요일까지 밀린 것 다 해결해 주시죠. 아니면 저희는 또 옵니다. 그리고 경찰, 경찰 하시는데 경찰까지 와서 또 뉴스에 나면 원장님 입장에서도 좋지는 않을 겁니다. 자, 가자."

P는 아무 말도 하지 못하고 꼿꼿이 서 있었다. Y와 J도 그들이 문을 박차고 나가는 것을 보고 있었다.

"경비들은 어디 있었어요?" Y가 한쪽 구석에 서 있던 코디네이터에게 물었다.

"그게. 그저께까지는 계셨는데요……."

"그건 무슨 소리예요?"

"봉급이 밀렸다고 휴가를 내버리셔서……."

"뭐라고요?"

"……." 그러고는 아무도 아무 말도 못 했다.

P는 돌아서서 자신의 방으로 올라갔다. 그러나 방문을 닫고 몇 걸음 걷지 못하고서, 그는 다리에 힘이 풀려 먹다 만 음식들이 널려 있는 탁자 옆의 소파에 주저앉고 말았다.

'돈이란 이렇게 무서운 거구나.' 그는 눈을 감고 옆으로 쓰러지며 깊이 심호흡을 했다. 여전히 심장박동 소리가 귀에 들리는 것 같았다. 아무도 돌아오지 않는 방에서 그는 한참을 그렇게 쓰러져 있었다. '이렇게 절박했을까? S를 협박한 범인도? 그렇게 절박했다면……?'

'그래, 그걸 찾아봤어야지.' 그는 일어나 어딘가에 전화를 걸었다.

6-10

사채업자들이 보낸 조폭들은 다시 나타나지 않았지만, 그달 말부터 한동안 조금 나아지던 매출이 고꾸라지기 시작했다. 12월이 접어들면 일 년 중 수술이 가장 많이 들어와야 하는데, 상황은 그렇지 못했다.

금리는 더 치솟아, 빚을 갚을 여력이 없는 가계가 속출하고, 결국 대형 저축은행 하나가 부실 채권을 감당하지 못하고 파산할 정도였다. 모든 일이 믿어지지 않았지만, 비어 있는 외래 상담실을 보면 그것은 엄연한 현실이었다.

알고 보니, 뒤늦게 새로 생긴 대형병원들은 페이닥터들을 놀리느니 자기가 가져갈 봉급이나 벌게하자고, 수술 수가를 대폭 깎아 덤핑을 했던 것이다. 그런 식으로 나만 살겠다고 수가를 턱없이 낮춘 병원들이 생긴 까닭에 시끄러운 소송에 휘말린 P 병원 같은 곳은 도저히 적자를 메꿀 수 없었다.

그나마 들어온 돈은 모두 빚쟁이들에게 주다 보니 이젠 직원들의 봉급뿐 아니라, 거래처에 대금을 주지 못해 결국 의료 소모품의 공급이 제한되기 시작했다.

"거즈를 아껴 써라, 수술 장갑을 씻어서 소독기에 넣고 소독해서 다시 쓰자!"라는 말이 귀에 익을 무렵, 어느 날 제약사에서 들어와 공급실 냉장고에 재고로 있던 고가의 필러 주사제를 모두 거둬가 버렸다.

그리고 얼마 후 흉흉한 소문이 돌더니, 드디어 출근 시간에 환자들까지 앉아 있는 수술 대기실과 수술장에 집달관들이 들이닥쳤다. 그들은 수술장용 슬리퍼도 갈아 신지 않은 채, 한 손에 서류 파일들을 들고 들어와 병원에서 가장 값이 나가는 내시경 장비들이며, 전신마취 기계며, LED 무영등부터 확인하고서 빨간색 딱지를 붙이기 시작했다.

전화로 집달관이 왔다는 이야기를 전해 듣고 내려와 망연자실 그것을 보고 있던 P는 L의 사무실을 찾아가 이 사태에 대해 한참을 의논했다.

"여보. 오늘 집달리가 들어왔다면서요?"

"응. 그래." 그는 넥타이를 풀며 소파에 몸을 던졌다.

"괜찮을까요?" 아내는 다가와 소파에 앉았다.

"친구 말로는 자금이 조금만 돌면 바로 빨간 딱지는 뗄 수 있을 거래. 걱정하지 마."

"환자들이 그거 보면 어떡해요? 네?"

"주로 수술장 기계에 붙인 거라서 외래 신환들에게는 안 보여."

"여보, 만약에. 만약에 부도가 나면 우리 어떡해요? 엄마, 아빠가 우리한테 꿔준 돈은 못 받는다고 해도, 부도나면 엄마, 아빠도 우리하고 같이 다른 사람들이 꿔준 빚에 책임져야 하는 거 아니에요?"

그는 그 말을 듣고는 거실에 내려놓았던 가방에서 조용히 종이 봉투를 하나 꺼내었다. 그리고는 봉투에서 서류를 하나 꺼내서 아내에게 내밀었다.

"이게 뭐예요?"

"응. 일단 너하고 나하고는 법률상 헤어지는 거로 하자."

"뭐라고요? 당신……. 이게 말이 돼요?"

"만약을 대비해서야. 그냥 이대로 있다가 당하면 당신이나 애들을 전혀 지켜줄 수가 없어."

"그래도 어떻게 위장 이혼을 해요?"

"어쩔 수 없어. 당분간 애들이랑 처가에 가 있어."

"왜요?"

"진짜로 부부싸움을 하고 별거하고 있었던 증거를 만들어야
지."

"……." 아내는 아무 말 없이 눈물을 흘렸다.

P는 그런 아내를 안아줄 힘도 없어 소파에 그대로 앉아 있
었다.

6-11

P는 자신의 사무실에서 묵묵히 TV 저녁 뉴스를 보고 있었다. 집에 들어가 봐야 이제 아내와 아이들도 없는지라 일찍 들어갈 이유가 없었다.

"가수 S와 소속사는 P 병원의 대표원장 P를 상대로 기자회견에서 수술 내용을 공개해 해외 공연이 취소되고 음원 판매에 악영향을 미쳤다며 민사소송을 제기한 것으로 알려졌습니다."

P는 리모컨을 들고 볼륨을 조금 높였다.

"공갈 · 협박에 대한 형사 고소 건의 수사가 아직 진행 중인 상태에서 또 다른 민사소송이 제기된 상황으로 향후 P 원장 측의 대응이 주목되고 있습니다."

"아, 그만하자니까, 쟤들이 정말······. 지네들이 나한테 협박을 받았다고 언론에 다 발표해놓고서는 수술받은 것이 무슨 비밀이라고."

P는 전화기를 꺼내 들었다. "여보세요?"

"응. 그래 나도 TV 뉴스 보고 있었어." L이 대답했다.

"어떻게 해야 해?"

"저쪽에서는 계속 감정적으로 나오는 거야. 우리도 민사소송을 준비해야지 뭐."

"우리도?"

"무고한 사람을 추측만으로 고소해 놓고, 언론에 그 사실을 공표해서 병원의 영업에 막대한 지장을 초래한 것이니까, 당연히 민사소송으로 가야 하는 거지."

"알겠어. 우린 대응하는 것 언론이 모르게 하자, 제발."

"그래야지."

"이만 끊을게."

그는 병원 전체를 비추던 CCTV 모니터의 전원을 끄고 일어나 퇴근을 준비했다. 엘리베이터를 타고 내려와 1층에서 대리주차를 해주는 직원이 시동을 걸어놓은 차를 받았다. 한때 그의 기사가 출퇴근용으로 쓰고 있던 P의 오래된 검은 세단은 오늘따라 시동 소리마저 불규칙하게 헐떡이는 것처럼 들려 궁색하기 짝이 없었다.

차는 신호 대기를 할 때마다 덜덜거렸다. '이거 곧 엔진도 문제가 되겠는데? 이제 병원 들어가면 바로 중환자실로 가서 대수술을 받아야 할 것 같은데, 어쩌지?'

그나마 평소보다는 늦은 시간에 하는 퇴근이라 다른 때보다 길은 덜 막혔다. 하지만 오늘도 아파트 입구에 도착해서 보니 단지 안에는 차를 댈 곳이 없었다. 후진으로 차를 빼내 단지 밖의 공영 주차장을 몇 바퀴 돌다가 빈자리를 겨우 발견하고서 차를 대며 P는 생각했다.

'위장 이혼이라도 해 놔야 해. 그래야 집사람과 애들한테는 피해를 덜 주지. 내가 좀 고생되어도 어쩔 수 없어.'

내일 아침에 먹을 샌드위치를 사기 위해, 그는 단지 앞의 프랜차이즈 빵집으로 힘없는 걸음을 옮기며 생각했다. '전화를 자주 해도 안 되겠지? 별거했다면서 매일 통화하면 누가 믿어주겠어? 그래. 참자.' 그는 휴대전화를 주머니 속에서 계속 만지작거렸다. '사랑하는 사람들을 지켜주기가 왜 이렇게 힘든 거지? 도대체 어디서부터 잘못된 걸까?'

그는 샌드위치를 하나 사 들고 편의점 앞을 지나다 안으로 들어갔다. '편의점 안은 왜 이렇게 밝은 거야?' 그는 눈이 부시기까지 한 형광등 불빛 아래에서 음료와 주류가 잔뜩 차 있는 냉장고 유리문 앞에 섰다. 그리고 잠시 머뭇거리다 평소 마시지도 않던 소주를 한 병 들었다. 그는 고개 숙인 채 계산대로 다가가 마치 늘 그런다는 듯 계산대 위에 소주 한 병을 턱 올려놓고 물었다. "얼마죠?"

아르바이트 직원은 다행히도 P의 얼굴을 올려다보지도 않고 기계적으로 술병에 바코드 읽는 기계를 갖다 댔다. 그는 카드를 내고 말했다. "검은색 비닐봉지에 담아주세요." 그는 카드와 영수증을 받아 샌드위치와 같이 얼른 봉투에 넣어버리고는 좌우를 살펴보며 편의점을 나와 차가운 겨울 길로 들어섰다. '그런데 왜 경찰에서는 아직 아무 연락이 없는 거야?' 그는 혼자 구시렁거렸다.

집으로 들어간 그는 결국 빈속에 소주를 마시다가, 아침에 먹으려던 샌드위치를 펼쳐 안주로 먹어버렸다.

다음 날 아침 P의 방에 대표원장들 셋이 모였다. 이젠 언론에 뉴스가 뜨면 다음 날 모이는 것이 당연한 일처럼 되어버렸다. 커피를 앞에 두고 어색한 침묵이 흘렀다. 커피를 한 모금 들이켠 후 Y가 입을 열었다. "형, 말씀드리기가 그래서 이제껏 이야기 안 했는데요."

"그래. 뭔데?"

"그게."

"그냥 편하게 말해봐."

"병원 홈페이지와 홍보물, 광고에서 형 얼굴을 잠시 빼면 어떨까 해서요. 그저 잠시만요."

"……"

"그렇게 오래 걸리지는 않을 거예요. 뉴스가 나올 때마다 환자들이 갑자기 너무 줄어서……" Y는 말을 마치고 나서 침을 꼴깍 삼켰다.

P는 말없이 J 쪽을 쳐다보았다. J가 머리 뒤가 비칠 듯 투명한 눈빛을 내려 바닥으로 시선을 내리깔자 그가 말했다. "알겠어. 그렇게 해."

"시간이 지나고 잠잠해지면 바로 다시 복구해놓을게요. 너무 신경 쓰지는 마세요." J가 말했다.

"병원 이미지에 마이너스라면 이제 내 얼굴을 지워야겠지. 그럼 외래는?"

"당분간 형은 경영에만 신경 쓰시면 될 것 같아요." Y가 답했다.

"……" P는 조용히 입술을 굳게 다문 채 고개만 끄덕였다.

"키워드 광고는 조금 더 개수를 늘리려고요."

"어떤 키워드?"

"보톡스와 필러 주사제요."

"보톡스, 필러는 요새 덤핑들을 쳐서 수가가 자꾸 떨어진다며,

근데 거기에 더 부어?"

"그래도 겨울인데, 이걸 미끼 상품으로 해서 다른 수술을 유도하려면 어쩔 수 없어요." Y가 말했다. "보톡스와 필러 같은 대표 키워드를 사려면 광고비 단가가 너무 비싸서 말이죠. 차라리 두 단어에 관련된 세부 키워드 숫자를 더 늘려서 노출 빈도를 높여 보려고요."

"알았어. 좋은 아이디어를 내보도록 해. 결국, 포털사이트만 피 같은 우리 돈을 긁어모으는구나."

"맞아요. 클릭 한 번에 만 원 가까이씩 주고 나면 남는 것도 없어요." J가 말했다.

"이러다 승자의 저주에 빠지는 거 아니야? 왜 있잖아, 경매에서 서로 자꾸 가격을 높이다가 지나치게 높은 가격에 낙찰을 받아 오히려 손해를 보는?" P가 물었다.

"바로 그거예요. 그들도 우리처럼 치열한 동업자들 사이의 경쟁 속에 살아남은 거겠죠. 그래서 이제는 그만한 대가를 요구하는 거고."

"그래도 너무 심하잖아? 경기는 이렇게 나쁜데 키워드 가격은 그대로니." "그렇게 물으면 그쪽에서는 이렇게 이야기하죠. 가격을 올린 것은 자기네가 아니라 병원들이라고." Y가 검지를 들어 허공을 좌우로 가르며 말했다. "어떻게 해요. 이젠 온라인이 아니면 환자와 만날 접점이 없는데. 잡지니 버스 외부광고 같은 오프라인 광고는 요새 다들 효과 없다고 안 하잖아요. 어딜 가도 다들 머리 박고 스마트폰만 들여다보고 사는데. 시대가 변했어요. 적응하지 못하면 도태되는 수밖에는 없어요."

회의를 끝내자 후배들은 모두 P의 방을 나갔다. P는 그들의 뒷모습을 바라보다가 벽에 걸린 달력으로 시선을 옮겼다. 그리고 그는 달력의 마지막 장도 곧 떨어지고, 어디서도 다시는 그 흔적을 찾을 수 없을 거라는 생각을 지울 수 없었다.

6-12

　병원에는 그래도 겨울이라 고3 수험생들이 있어 수술이 좀 늘었다. 게다가 Y가 개발한 검색 키워드들 덕분에 검색 광고의 효과도 조금씩 올라가는 추세였다. Y는 전면에 나서 실질적인 대표원장 역할을 해내며 이런 식으로만 계속되면 결국은 좋아질 거라고, 시간이 오래 걸려도 결국 회복시킬 수 있다고 J와 P를 격려했다.

　하지만, 점점 늘어난 이자와 원금을 갚느라, 거래업체 대금 갚느라, 들어온 돈은 대부분 흔적 없이 사라져 버렸다. Y와 개별 면담을 하고 나서, 줄이기로 한 봉급마저도 제때에 받지 못하자 마취과 의사 중 한 사람은 결국 그만둬버렸다.

오늘도 남아 있는 마취과 의사는 혼자 이 방 저 방 옮겨 다니며 마취를 유도하고 깨우고 했다. 그런 이유로 수면 마취를 하고 진행하는 작은 수술들은 전신마취 수술이 없을 때나 마취의가 들어와 봐 줄 수 있었다.

오늘 6번 방의 두 번째 수술은 20대 여자 환자의 매부리코 수술이었다. 절골도로 뼈를 쳐야 하는 수술이었기에 집도의인 E는 마취과 선생님에게 프로포폴로 환자를 재워달라고 부탁을 했다.

처음에 마취를 유도해주고 마취과 선생님은 인퓨전 펌프(자동으로 약이 들어가는 기계)에 약을 채워주고 다른 방의 전신마취를 위해 자리를 비웠다.

이 젊은 여자 환자는 들어올 때부터 혈압이 낮았다. 자꾸만 알람이 울리자 순환 간호사는 알람을 방지하는 버튼을 계속 눌렀고, 수술을 한창 하는 중에 또다시 알람이 울리자 이번에는 알람이 울리는 범위를 아예 더 낮게 세팅해버렸다.

한참 동안 수술이 진행되었다. 그러다 문득 수술하던 E는 환자의 입술이 보라색으로 변한 것을 발견했다. 처음에는 얼굴 소독을 위해 바른 소독약 때문인 줄 알았다. 그제야 혈압계를 보았더니 50에 38!

"여기요. 마취과 선생님 좀 불러주세요." E가 외쳤다.

"무슨 일인데요?" 순환 간호사가 물었다.

"환자 혈압이……."

"어떻게 이렇게 떨어지도록 소리가 안 났죠?" 수술을 돕던 간호사가 물었다.

순환 간호사는 밖으로 뛰어나갔다.

"프로포폴 좀 잠가주세요." E는 소리쳤으나 당황한 간호사가 멈칫거리자 손에 낀 장갑을 벗어던지고 혈관주사를 잠그고, 기계도 꺼버렸다. "앗! 이게 뭐야?"

바닥에는 빨간 혈액이 비 온 뒤 물웅덩이처럼 고여 있었다. "어떻게 된 거지? 여기 왜 피가?"

방포를 젖히고 수술 침대 밑을 보던 간호사가 소리쳤다. "원장님 혈관주사를 연결한 라인이 여기서 빠져 있었나 봐요. 수술대 받침 밑에도 피가 더 고여 있어요."

"뭐라고? 도대체 누가 라인을 밟은 거야?"

"원장님 환자가……." 간호사가 환자를 깨워보려고 머리를 들었으나 축 늘어졌다.

"마취과 선생님 좀 빨리 오시라고 해요."

"네. 여기요. 무슨 일입니까?" 마취과 의사가 놀라서 들어오며 물었다.

"IV 라인이 중간 연결 부분에서 빠지면서 피가 이렇게 수술 베드 밑에 고여 있었어요. 환자 혈압이 50에 38밖에 안 되고."

"방포 좀 다 치워보세요. 어, 어, 이런 호흡도 없네요. CPR 준비!"

마취과 의사는 수술이 끝나지 않아 고정되지도 않은 코를 손으로 잡고 입으로는 환자의 입으로 공기를 불어 넣었다. 그러고는 가슴 위에 손을 펴서 얹고는 심장 압박을 시작했다.

"라인으로 펜타스판을 연결하세요."

"무슨 약이요?" 순환 간호사가 물었다.

"펜타스판! 펜타스판!"

같은 시각 사무실에서 키워드 관리 상태를 살펴보던 P에게도 전화로 연락이 갔다.

"원장님 6번 방에 환자가 쇼크가 와서 CPR 중입니다."

"뭐라고요?"

"혈압이 떨어져서 환자가 의식이 없습니다."

"안 돼. 지금은 사고가 나면 안 돼." 그가 소리쳤다.

계속 가슴 압박을 한 끝에 결국 환자의 심장박동은 돌아왔으나, 환자는 의식이 없는 상태로 대학병원 응급실로 보내야 했다. 10차선 대로변에 어마어마하게 큰 사이렌 소리를 울리며 구급차가 도착하고서도, 환자를 실은 들것이 엘리베이터에 들어가지 않아 비상계단으로 환자가 들것에서 떨어지지 않게 수평을 맞춰 내려오자니 시간이 한참이나 지체되었다.

지나가던 행인들뿐 아니라 인근 병원의 외래 직원들도 이게 무슨 일인지 유심히 보다가 P 병원에서 실려 나온 환자가 구급차에 실리는 걸 보고 사진을 찍고, 또 다른 병원들에 근무하는 친구들에게 SNS로 이 사진을 전송했다. 이 사진은 SNS를 타고 급속히 번졌고, 그 사진 속에는 구급차 뒤로 P 병원의 이름과 마크가 선명히 찍혀있었다.

제 7 부

무위

7-1

사고 뉴스가 퍼져나가는 걸 막는 건 불가능해 보였다. 공중파 방송에서 이미 뉴스를 내보낸 데다가, SNS로 퍼져나가는 것은 도저히 협조 요청으로 막을 수 있는 일이 아니었다.

"사고가 난 병원이 가수 S를 협박한 바로 그 병원이래."

"그 원장은 도대체 하는 일이 뭐야? 맨날 TV에 얼굴이나 비치더니, 환자는 제대로 보지도 않아 사고나 내고." 인터넷에는 이런 댓글들이 줄줄이 달렸다.

P는 사무실 책상 의자에 혼자 팔짱을 끼고 앉아, 눈을 감은 채

깊은 한숨을 내쉬었다. '어쩌지? 환자가 깨어나지 못하면? 병원 경영에 아무런 책임을 느끼지 않는 페이닥터에게 수술을 시킨 게 애초에 무리였어. 상담은 실장이 하고, 환자와 직접 얼굴을 보는 시간은 얼마 안 되니, 사고가 나도 자기는 그저 시키는 대로 했을 뿐이라고 느낄밖에……'

그는 눈을 뜨고서 손을 뻗어 마우스를 움직였다. 새해 들어 수술 스케줄 표에 P의 수술은 하나도 없었고, 이제 병원 전체로 봐도 뼈를 건드리는 안면윤곽수술 같은 수술은 보이지 않았다.

'변장 성형, 변신 성형을 표방하지도 않는데, 수가가 큰 수술은 하나도 없으니 이제 매출은 뭐로 올리지? 저런 눈 성형, 코 성형같이 자잘한 수술을 도대체 몇 개나 해야 수지를 맞출 수 있을까?'

그 순간 전화벨이 울렸다. "원장님, 지금 사무장님이." 전화를 들자마자 원무과 직원이 말했다.

"사무장이 왜요?"

"형사들이 들이닥치더니 사무장님을 붙잡아가요."

"그래요?"

"1층으로 내려가고 있으니 한번 내려가 보세요."

P는 사무실을 뛰어나와 엘리베이터 버튼을 계속 눌렀다. '그럼 혹시 사무장이?'

1층 로비 출구 쪽에 형사들과 사무장의 뒷모습이 보였다. "무슨 일입니까?"

"아, 원장님 내려오셨군요. 사무장을 가수 S에 대한 협박 및 공갈 미수로 긴급체포했습니다." D 형사가 말했다.

"네?"

"미리 연락드리지 못한 것 이해하십시오."

"사무장님, 이게 무슨 일이에요?" P는 짐짓 놀란 목소리로 물었다.

수갑을 찬 사무장은 고개를 빳빳이 세운 채 "전 아니라니까요."라고 말했다.

"일단 경찰로 연행해서 수사해야 하니 저희는 이만."

P는 형사들이 M의 양쪽에서 수갑을 찬 M의 팔을 잡고 차로 태우는 것을 병원 입구에서 바라보았다. 그리고 직원들은 그 차가 저 멀리 다른 차들 속으로 사라지는 모습을 계속 멍하니 보고 있었다.

오후 늦게 전화를 받고 L과 함께 경찰서에 나온 P는 다시 D 형사를 찾았다.

"이쪽으로 오시죠."

"네." L이 대답했다.

"서장님께서 직접 설명을 해주실 겁니다. 같이 서장실로 가시지요. 이쪽입니다."

"아, 네." P가 고개를 끄덕이며 말했다.

"어서 들어오십시오." 짙은 감색의 정복을 입은 서장이 일어나 P와 L에게 악수를 청하며 말했다.

"수사는 어떻게?" P가 물었다.

"우선 체포 전에 미리 연락을 드릴 수 없었던 것 이해해 주십시오. S 협박 사건이 워낙 국민적인 관심을 끌었던 사건인지라 신중할 수밖에 없었습니다." 그리고 인터폰을 들고 말했다. "여기 차 좀 내오지."

"그동안 저희도 진범을 잡아내려고 노력하였습니다만, 대포폰의 특성상 진짜 사용자를 알아내기는 굉장히 힘들었습니다. 다행히 그때 원장님께서 보내주셔서, 직원 가불 내역 장부, 초과 수당 장부 등을 자세히 검토해 의심되는 사람들을 추려서 조사를 진행했습니다. 아니나 다를까 사무장 M이 시간 외 수당을 과도하게 타간 것이 드러나 이제껏 추적한 거죠. 시간이 걸린 것은 결정적인 증거인 대포폰을 구매할 당시의 CCTV 자료를 복원하기가 힘들어서였습니다."

"그러셨군요. 저는 재촉도 못 하고 계속 기다리고 있었습니다."

"죄송합니다. 도주의 우려가 있어 사무장을 수사한다는 걸 알려드릴 수 없었습니다. 붙잡혀 와서도 사무장은 자신은 절대 범인이 아니라며 부인했지만, 대포폰을 사러 간 상가 근처 방범 CCTV에서 복원한 사진을 보여주니 그다음부터는 아무 말 못 하고 있습니다." 서장이 말했다.

"네."

"그동안 혐의를 두고 불편을 끼쳐서 죄송하다는 말씀을 드립니다." 살짝 고개를 숙이며 서장이 말했다.

"아닙니다."

"그럼 S 측에서는 저희에 대해 고소했던 것을 취하한다고 하나요?" L이 물었다.

"당연히 그렇게 되어야겠죠. 특히 형사 쪽은 검찰이 원고이므로 당연히 취소됩니다. 오해로 빚어진 일이니까 민사는 양측이 원만하게 합의하셔서 해결하시면 되겠습니다."

"무고죄는 어떻게?"

"그건 S 쪽에서도 사무장이 보낸 문자만 보고, 모르고 한 일이니 그저 용서하시고 취하하시는 것이 어떨까 싶습니다." 서장이 말했다.

"그건 의논해보자고." L이 P 쪽을 보며 말했다.

"네. 좋은 게 좋은 거니까. 커피들 드시죠. 다 식겠습니다."

"네. 감사합니다." P가 말했다.

"그런데 사무장은 왜 이런 짓을 했을까요?" L이 물었다.

"글쎄요. 범죄 동기를 알아보려고 외화 송금 내역이 있어서 추적해봤더니, 이혼하고 나서 외국 기숙학교에 유학 보낸 아들의 학비가 엄청나게 들어가고 있더군요. 경제적으로 많이 쪼들렸나 봅니다."

"그럼 하필 왜 제 이름으로?" P가 물었다.

"수술 전후 사진을 갖고 있는 것처럼 위장해야 협박이 먹힐 것 같았던 거죠. 게다가……."

"게다가요?"

"변장 성형, 변신 성형을 개발한 것이 M입니까?"

"네?"

"그걸 자기가 개발했는데 특별한 포상은커녕 자기가 개발한 것 자체를 인정하지 않고, 원장님이 공을 가로챘다고 생각한 것 같습니다."

"……." P는 아무 말도 하지 못했다.

"그래서 앙심을 품었구나?" L이 말했다.

"아, 그리고 지난번 그 범인 도피죄에 관한 사건도 몽타주 제작에 협조해주신 덕분에 다 잘 해결되었습니다. 밀항했지만 현지 경찰에서 그 몽타주를 가지고 세 명 다 검거하였답니다. 그쪽에서 잡혔으니까 몽타주를 누가 만들었는지 범인들이 따지고 들지 못할 겁니다. 아무튼, 감사드립니다."

"그럼 이제……."

"네. 다 해결되었습니다. 그간 알려드리지 못했던 그자들의 범죄 사실은……." 서장이 말했다.

"아닙니다. 전 모르는 게 나을 것 같습니다."

"그러세요?"

"네. 그럼 이제 경찰에 다시 올 일이 없는 거죠?" P가 마지막으로 물었다.

"네." 서장이 고개를 끄덕이며 대답했다.

"감사합니다." P와 L이 동시에 말했다.

7-2

P는 아내와 아이들에게 집을 내주고 얻은 원룸에서 휴대전화 알람에 홀로 잠에서 깨었다. '이제 경찰서에는 다시 갈 일이 없는 거지? 마치 꿈을 꾼 것 같군.' 하지만 이내 또 다른 걱정이 그의 마음속에 스멀스멀 피어올랐다. '아! 그 환자는 어떻게 하나? 출근하기 전에 상태를 보러 가봐야겠지?'

쇼크가 온 환자는 아직도 깨어나지 못하고 식물인간 상태가 되어 중환자실에 계속 누워 있었다. 정작 수술을 했던 E는 사고 며칠 후 퇴사해버리고 잠적해버렸기에 오늘도 그는 혼자였다. 소문에는 성형외과 쪽은 이제 꼴도 보기 싫다며 지방의 이비인후과에 취직했다는 소리도 들렸다.

'환자 중환자실 입원비는 지금까지 어찌어찌 내주고 있지만, 합의금은 뭐로 해결해 주지?' 중환자실 입구에서 옷을 갈아입으며 P가 생각했다.

환자의 침대 옆에 청보라색 덧 가운에 일회용 모자를 쓰고 있는 사람이 보였다. 환자의 엄마였다.

"안녕하세요? 어머님."

"……."

"오늘 상태는 좀 좋아졌다고 하네요. 열도 내리고."

"……."

"면회 마치고 잠깐 이야기 좀 할 수 있을까요?"

"합의 이야기라면 그만두세요. 애가 이렇게 돼서 누워 있는데 합의는 무슨 합입니까?" 어머니는 목소리에 힘을 줘서 말했다.

"죄송합니다."

"죄송하다면 답니까? 병원이 크길래, 규모가 큰 만큼 수술도 잘할 거라고 믿고, 믿고 맡겼는데……."

"죄송합니다. 어머님." P는 그리고는 아무 말도 붙이지 못하고 잠시 뒤에서 환자를 보다가 돌아 나왔다.

P 병원 1층 로비는 여전히 썰렁했다. 사고 뉴스 때문이겠지만, 추워 보이기까지 하는 하늘색 유니폼을 입은 직원들만 죄지은 것처럼 고개를 숙이고 앉아 있을 뿐이었다.

"또 중환자실에 다녀오셨어요?" J와 함께 P의 방으로 올라온 Y가 물었다.

"그래."

"합의 얘기는 아직 없어요?"

"아직."

"이렇게 무한정 끌 수는 없잖아요?"

"자식을 잃은 부모 입장이라고 생각해봐, 얼마나 가슴이 찢어지겠어. 도저히 종결짓자고 강요 못 할 거 같아. 지금이라도 의식이 돌아오고 자리에서 일어난다면 하는 생각을 할 텐데……. 평생 내가 속죄하며 짊어지고 가야 할 문제야."

"형, 지금 합의도 합의지만, 직원들 임금은 어쩌죠? 명예퇴직을 권유해도 꼼짝 않던 직원들이 하나둘 계속 퇴사하더니, 나가자마자 노동부에 체불 임금 지급 소송을 내고 있어요. 노동청에서 매일 같이 전화가 와서 이젠 견딜 수 없는 지경이에요." Y가 말했다.

"……." P는 고개를 숙이고 묵묵히 듣고만 있었다.

"이제 체불 임금을 해결해 주지 못하면 저희가 구속된다는데요. 어떻게 해요?" J가 떨리는 목소리로 물었다.

"해결해줘야지."

"무슨 돈으로요?" J가 물었다.

"……." P는 어깨마저 떨구었다.

한동안 침묵이 계속 흐른 뒤 P가 낮은 목소리로 말했다. "이제 그만하자. 지쳤다."

"뭐라고요? 정말 형, 어떻게 이럴 수가 있어요?" Y가 말했다.

"저희까지 다 끌어들여 빚을 지게 만들어놓고." J도 목소리를 높였다.

"미안하다."

"미안하다면 다예요? 안 돼요. 아직은 살려봐야 해요. 이 병원."

"Y. 이제 그만하자."

"안 돼요. 형은 그럼 손 떼세요. 제가 돈을 더 융통해 와서 고비를 넘겨볼 테니까."

"사채는 더 안 돼. 불난 데에 물 대신 기름을 부어서 끄겠다는 거랑 똑같아."

"이제 그만하고 받아들이자."

"안 돼요. 안 돼." Y가 우는 목소리로 절규했다.

7-3

Y가 애써봤지만, 돈을 더 끌어올 곳은 아무 데도 없었다. 그들은 결국 임금 체불로 인한 구속은 피하기 위해 회생법원에 개인회생을 신청하려 했다. 하지만 빌린 돈이 너무 큰 금액이라 채권자들의 동의가 없이는 회생절차 진행이 불가능했다.

P와 Y, J는 법정 앞에 땅으로 꺼질 듯 고개를 숙이고 나란히 줄지어 섰다. 그 뒤로 채권자들은 웅성거리고 있었다.

'빚을 갚기 위해 빚을 내는 악순환을 계속할 순 없잖아. 이젠 끝내야지. 채권자들이 동의하지 않아 회생절차 승인을 받지 못하면 바로 파산인데……' P는 바닥만 내려다보며 생각했다. '그래 사람들은 모든 게 크면 클수록 좋은 거라고 말하지. 하지만 혹독한 빙하기가 닥치면 덩치가 제일 큰 공룡이 가장 먼저 쓰러지는 거였어.'

회생 계획안에 대한 채권자들의 질문이 시작되었다. 그 질문들에 P는 매번 "우선 죄송하다는 말씀을 드립니다."라는 말로 답변을 시작했다.

몇몇 채권자들의 고성이 터져 나온 뒤, 집회는 끝나고, 결국 채권자집회에서 담보를 가진 채권자들에게 병원 건물과 땅을 경매에 넘기는 조건으로 겨우 동의를 받아 법원은 회생절차의 진행을 허락했다. 이제 실질적으로 P는 병원의 주인이 아니었다.

사채업자들에게 진 빚 중에 고리의 이자에 이자가 붙어 쌓인 금액은 없던 거로 탕감이 되었고, 그동안 주지 못해 밀린 체불 임금을 해결하고, 은행이며 저축은행, 친인척 등에 빌린 총 채무액 660억 중에 면책받고도 200억의 빚이 남았다. 이제부터 대표원장들이 버는 돈은 최소한의 생활비 얼마를 제외하고는 모두 자신들의 돈이 아니었다.

폭풍 같은 빚잔치가 끝나고, 타의에 의해 정신을 못 차릴 속도로 모든 것이 정리되었다. 2개 층으로 쪼그라든 병원에 P가 다시 출근했다. 의사도 환자도 예전처럼 많지 않았다.

변장 성형, 변신 성형으로 전성기였던 때와 비교하면 정말 얼마 되지 않는 환자들이 찾아왔다. 그나마도 그중 대부분은 페이닥터들이 수술하고 문제가 생긴 재수술 환자들이었다. 쌍꺼풀 수술을 하고 힘없이 풀린 환자, 코 성형을 한 뒤 보형물이 튀어나오기 직전의 환자 같은, 병원이 없어진다고 소문이 난 건지 모르지만 그런 환자들은 끊이지 않고 계속 병원을 찾아왔다. P는 자신이 한 수술도 아니었지만, 한 사람 한 사람, 속죄하는 마음으로 정성껏 치료해주었다.

그러던 어느 날, 의국으로 같이 쓰는 방 한 귀퉁이에 놓인 책상에 앉아 수술용 모자를 벗어 쥐고 P는 실성한 사람처럼 혼잣말을 중얼거렸다. '계속 이렇게 있어서는 안 돼. 돈을 벌어야 하는데, 돈을. 아이들 양육비, 그리고 아직도 중환자실에 누워 있는 환자의 치료비, 합의금. 난 일을 해야 해. 방법이 없을까? 방법이?' 그는 책상 서랍을 열고 찾아낸 동문회 주소록을 뒤졌다.

이틀 후 허전한 마음에 아내와 아이들의 집으로 간 아침, 그는 방마다 문을 다 열어보고서야 집에 아무도 없는 걸 알게 되었다.

'일요일 아침인데, 왜 아무도 없지?' 그는 시계를 보고 소파에 앉아 아내에게 전화를 걸었다. 아이들이 교회 주일 학교에서 분

반 수업을 하고 있을 시간이었다. 그렇다면 아내는 늘 먼저 집으로 돌아와 점심을 준비하곤 했는데.

전화를 받지 않았다. 다시 전화를 걸었다.

아내는 계속 전화를 받지 않았다.

이 시간에 어딜 간 걸까? 도대체 일요일 오전에…….

혹시? 그는 순간 등 쪽에서 전기에 감전된 것처럼 소름이 돋는 것을 느꼈다. 태어나서 이런 느낌은 처음이었다. 아주 원초적인 두려움, 배신감, 절망. 그가 알던 그 모든 괴롭고 무서운 느낌들이 모두 합쳐진 느낌. 아니 그것보다도 더 큰 어떤 충격이 그의 머리를 강하게 치고 지나갔다. 트럭에 밟히면 이런 느낌일까?

멍하니 벽을 바라보며 앉아 있으려니 한참 만에 비밀번호를 누르는 소리가 들렸다.

"아, 어쩐 일이에요. 당신이 여길?"

"어디 갔었어?"

"미장원에 갔었어요."

"그래?"

"네. 새치가 너무 늘어서 염색 좀 하려고요."

"전화해도 안 받더라고."

"그랬어요? 머리하는데 어떻게 전화를 받아요?"

"그랬구나."

"식사는요?"

"아직."

"그럼 애들 오면 같이 나가서 먹어요."

"그래." 힘없이 대답하는 그의 시선은 방으로 들어가는 아내의 머리칼을 끝까지 따랐다.

7-4

그는 혼자 개업하고 있는, 의국 동기인 친구의 작은 병원 대기실에서 믹스커피가 담긴 잔을 들고 친구의 상담이 끝나기를 멍하니 기다리고 있었다. 한쪽 구석에 놓인 가습기에서는 안개 같은 미세한 수증기가 뿜어져 나와 이내 허공중으로 흩어져 사라졌다.

대기석이 여섯 자리밖에 없는 작고 아담한 로비에서 그는 생각했다. '나도 이렇게 규모는 작지만, 큰 걱정 없이 병원을 하던 시절이 있었는데……. 어쩌다 내 인생이 이렇게 되었을까?' 그는 혼자서 운영하던 그 작고, 모든 것이 예측 가능했던 병원을 떠올리며 회상에 잠겼다.

한순간 "안쪽으로 들어오시랍니다." 하고 간호사가 P에게 말했다.

"오랜만이야." 친구가 손을 내밀었다.

"잘 지내지?"

"그럼. 뭐 구멍가게 같은 병원에 별일이 있겠어?"

"별일 없는 게 좋은 거야. 나 부탁 좀 하나 하려고."

"뭔데?"

"내가 따로 아르바이트를 좀 해야 할 것 같아서 말이야."

"우리 병원에서?"

"얘기 들었겠지만 이제 공식적으로 버는 돈은 다 내 돈이 아니야. 어떻게 안 될까?" P는 자신의 목소리가 떨리는 것을 느꼈지만 어쩔 수 없었다.

"진짜 미안하다. 방법이 없을 것 같아."

"왜?"

"그게……. 생각해봐. 네 얼굴이 얼마나 알려졌니? 메이크오버 쇼 때문에 얼굴이 너무 알려져서 환자들이 너에게는 수술을 안 받으려고 할 거야. 사실……. 그동안 사건·사고가 너무 많았잖아." 친구는 한쪽 얼굴을 찡긋하며 말했다.

"나 꼭 일을 더 해야 하는데."

"알겠어. 생각 좀 해볼게."

"꼭 좀 부탁해."

그는 벌써 다섯 번째 병원에서 거절을 받고 나온 것이다.

며칠 후 아침 P는 다시 그 친구의 병원으로 들어섰다.

"안녕하세요?" 간호사가 인사했다.

"안녕하세요?" 그는 마치 크게 한숨을 내쉬듯 인사했다.

"잘 아시겠지만, 금식은 하셨죠?"

"네. 어제 저녁 식사 이후 굶었습니다."

"입원실로 안내해드릴게요."

"네."

"우선 이 환자복으로 갈아입으시고요. 준비되시면 이 버튼을 눌러주세요." 직원은 침대 손잡이에 붙어 있는 호출 버튼을 손으로 가리키며 말했다.

겨울이라 더 써늘한 병실에서 그는 입고 온 옷을 다 벗어 놓고 환자복으로 갈아입었다. 벨을 누르자 간호사가 들어왔다.

"네. 그럼 이쪽으로 오셔서 화장실 세면대에서 세안하시고요. 여기 이 소독약을 입에 머금고 있다가 가글하고 뱉어주세요. 수돗물로 헹구시면 안 되고요."

"네. 알고 있습니다." 영락없이 환자가 되어버린 P가 옅은 미소를 지으며 대답했다.

간호사가 화장실 밖에서 기다리는 동안 그는 물비누로 거품을 내어 세수했다. 그리고 적갈색의 소독약을 잠시 입에 머금고 있다가 뱉었다. 고름이 나오던 잇몸 부위가 다시 아렸다. 그는 세면대 앞 거울에 비친 자신의 얼굴을 보았다.

'어쩌지? 이대로 수술을 받아? 이렇게 할 수밖에 없는 거지? 이제 얼굴이 바뀌면 애들이 나를 아빠로 생각할까? 그리고 아내는 날 남편으로?' 그는 입가에 묻은 소독약을 손으로 닦으며 생각했다.

'아니, 나 자신이 나를 나로 느끼게 될까?' 그는 세면대를 양손으로 붙잡고 생각했다. 아냐 이런 사치스러운 생각을 할 때가 아니야. 어떻든 아내와 아이들에게 필요한 건 돈이니까. 안 그래도 위장 이혼을 하고, 연기를 하다 보니 정말로 마음까지 멀어지고 있는데, 돈까지 보내주지 못하면?

P는 마지막으로 다시 한번 자신의 얼굴을 거울에 비춰보고 화장실을 나왔다.

"이쪽으로 오시면 IV 라인 좀 잡아드릴게요."

"네." P는 다시 병실로 들어가 침대에 비스듬히 기대어 누웠다. 병실 천장을 올려다보는 동안, 간호사는 P의 오른팔을 걷어 올리고, 고무줄을 묶은 후 알코올 솜으로 손등을 조심스럽게 닦았다.

"조금 따끔하실 거예요." 주사를 놓아야 하는 환자가 의사라 그런지 바늘을 쥔 간호사의 손이 미세하게 떨리는 것이 느껴졌다.

따끔한 느낌과 함께 혈관 속에서 밀려 나온 빨간 피가 보였다. 간호사가 수액을 연결하고는, 잠시 수액을 맞고 계시라는 이야기만 남긴 채 병실을 나갔다.

P는 옷장에 벗어둔 옷 호주머니에서 휴대전화를 꺼냈다. 그는 며칠 전 받고선 아직 지우지 않은 메시지를 다시 읽었다.

"아빠. 왜 집에 안 와요? 엄마랑 싸워도 곧 화해하고 그랬잖아요. 이번엔 화가 되게 많이 나셨어요? 그래도 저하고 싸운 건 아니잖아요. 얼른 들어오세요, 아빠. 보고 싶어요. 아빠 보고 싶어서 옛날 사진 보고 있어요. 이제 집에 꼭 돌아오세요. 이번 주말에는 꼭이요. 사랑해요."

그 순간 눈시울이 뜨거워진 그는 다시 침대에 머리를 뉘었다. '이 자리에 이렇게 그대로 누워서 사라졌으면?' 그는 눈을 감으며 생각했다. 이 자리에 100년 전에는 누가 살았을까? 그 사람은 무얼 하고, 무슨 생각을 하며 살았을까? 아이들도 있었을까?

지금부터 100년 후에는? 큰 건물을 올리고 다시 그 건물을 잃어버렸지만, 만약 병원이 잘 돼서 큰 성공을 했다고 해도, 어느 누구도 날 기억하지 못할 거였는데. 잠깐이라도 날 알았던 사람들도 다 죽고 없을 테니.

잠시 후 노크 소리에 일어나 그는 간호사를 따라 수술장으로 들어가 수술대 위에 걸터앉았다. 곧이어 전날 수술 환자의 소독을 다 마친 친구가 들어와 테이블에서 파란색 수술용 펜을 꺼내 들었다.

"잘 좀 부탁해. 아무도 날 못 알아보도록……." P가 말했다.

"정말 후회 없는 거지?"

"그래." 그는 고개를 끄덕였다. "바뀐 얼굴로 일을 할 수 있도록 완전히 바꿔줘. 사람들이 내 얼굴을 알아보지 못하도록 완전히!"

"알겠어. 정 그렇다면. 이제 누워봐."

P는 검은색 인조가죽이 씌워진 수술대에 쓰러지듯 몸을 뉘었다. 지난 밤새 아무것도 먹지 못한 그의 배에서는 연이어 꼬르륵거리는 소리가 났다.

간호사가 P의 얼굴에 검붉은 소독약을 칠하는 동안 친구는 P의 팔에 연결된 IV 라인에 하얀 프로포폴 약을 주사하며 중얼거렸다. "이 반듯한 얼굴에 칼을 대야 한다니……."

다음 순간 마취약에 몽롱해진 채 수술방 천장을 올려다보는 P의 머릿속에는 비록 길지 않은 한때지만, 오롯이 자신의 것이었던 13층 병원 건물이 떠올랐다. 하늘을 향해 쭉쭉 뻗은, 푸르스름하게 투명한 유리로 감싸인 더없이 아름답고 웅장했던 구조물…….

다음 순간 그 사각의 형체는 힘없이 무너져 내리기 시작했다.

동서부터 한 층이 바스러지면, 그 위로 건물 전체가 내려앉고, 다음 순간 또다시 제일 아래층이 연이어 바스러지는 식이었다.

P는 스르륵 눈을 감았다.

아직 희미하게 남아 있는 그의 의식 속에, 그 탐욕 덩어리가 무너지고 난 뒤 피어난 뽀얀 먼지 위로 잊고 있던 얼굴들이 떠올랐다. 나이 마흔까지 노총각으로 퇴짜만 맞다가 수술 후 드디어 결혼한다고 청첩장을 들고 왔던 남자 환자의 얼굴, 오디션만 수십 번을 보다가 수술을 받고 나서 이제 데뷔하게 되었다며 환하게 웃던 배우 지망생의 얼굴, 뺨 한가운데를 가로질러 난 칼자국을 수술로 지우고 나서 행복해하던 어린 여학생의 얼굴, 얼굴, 그 얼굴들……

얼굴, 인간, 인생

얼굴은 곧 그 사람이다. 얼굴에는 그 사람의 인생 역정, 지위, 형편은 물론 성격까지 모두 드러나 있다. 나이 들수록 흔적은 더욱 뚜렷하다. 그러나 얼굴로 내면을 읽기 어려운 경우도 드물지 않다. 선량한 얼굴 속에 악독한 내면이 감추어져 있을 수 있고, 품위와 교양 이면에 속물근성이 가득한 경우도 있다. 차분하면서도 깊이 있는 인간관계가 맺어지는 경우에는 외면의 영향이 크지 않지만 직접 대면하여 이야기 나눌 일이 거의 없는 현대 사회의 매체를 통한 접촉에서는 얼굴은 인상과 판단을 결정하는 절대적 기준이다. 보통 사람들도 얼굴을 고쳐 자기 가치를 높이고 인생을 바꾸려고 하는 판에 연예인이나 정치인 등 외적 이미지의 영향력이 절대적인 직업에서 화장과 성형은 필수이다. 이런 시대, 이런 사회에서 성형은 거대한 비즈니스가 되지 않을 수 없다.

<얼굴>은 매일 얼굴을 고치는 성형외과 의사가 쓴 '성형 소설'이다. 그런데 작품의 성형은 얼굴에 초점이 맞추어져 있지

않고 인생에 중심이 있다. 주인공은 나이 오십 줄에 다가오자 자기 삶의 가치와 성취에 대해 초조감을 느끼는데, 이에 돈을 빌려 대형 병원을 짓는다. 그에게 대형 병원은 맞지 않은 얼굴이었다. 무고, 의료 과실에다 불법 시술까지 계속된 사고는 인생 성형을 꿈꾼 주인공의 얼굴을 망치고 말았다. 마지막 부분에서 주인공은 자신을 잠깐 성공으로 이끈 '변장 성형'을 받는데, 실패한 인생 성형을 다시 성형으로 만회하려고 한다.

이 작품은 병원 운영 실패를 둘러싼 사건이라는 단순한 줄거리를 가지고 있어서 술술 읽힌다. 표현이나 문체도 무겁거나 허세를 부리지 않는다. 단숨에 읽어내릴 수 있는 작품이지만 책을 덮고 나면 인생의 무게에 눌린다. 우리는 화려한 껍데기 속에 초라한 본질이 감추어져 있다는 것을 알면서도 늘 그 껍데기에서 헤어나오지 못한다.

얼굴
Face

ⓒ 김유명 2020

초판 1쇄 발행 2020년 7월 21일

지은이 김유명

펴낸곳 도서출판 가쎄 [제 302-2005-00062호]
주소   서울 용산구 이촌로 224, 609
전화   070. 7553. 1783 / 팩스 02. 749. 6911
인쇄   정민문화사

ISBN 978-89-93489-96-5 03810

값   14,800원

www.gasse.co.kr
berlin@gasse.co.kr